徳 間 文 庫

スクランブル

決戦！ 日本海上空 上

夏 見 正 隆

徳 間 書 店

目次

第Ⅰ章　〈牙〉　5
第Ⅱ章　作戦〈ガーディアン・エンジェル〉　141

第I章 〈牙〉

1

韓国　釜山市内
香港中央銀行・釜山支店　ＶＩＰルーム

「お待たせいたしました」

黒服の執事のような行員が、白手袋の両手に銀の盆を持って入室すると、一礼した。

「入金が済みましてございます」

英語だ。

先程、自らを『顧客担当マネージャー』と名乗った。釜山《プサン》市内には、中国系の外資銀行は意外なことに一軒しかない。香港籍の中国人らしい、五十代の幹部行員だ。

黒服の行員は、来客用ソファの前のテーブルに盆を置くと、下がってまた一礼した。

ガラステーブルの上。盆には、青いビロード地が張られ、その上に載せられているのは一枚の金色のカードだ。天井のシャンデリアの光を跳ね返す。

行員は、客が身動きの気配を示さないので、ちらと視線を上げた。

「先ほど、香港の本店口座に振り込まれましたものでございます。あなた様の」

「――――」

一人の長身の男が、ソファの中央にいる。黒いサングラス。革の背もたれに上半身を預け、リラックスした姿勢だ。

テーブルに置かれた金色のカードを見たのか……？　目の表情は、その顔を覆うグラスのせいで分からない。

「どうぞ」

行員が、一礼した姿勢から目を上げる。『お取り下さい』と言うように男を見る。

「――――」

男は動かない。

枯れ木のような長身を包むのは、深い紫がかった黒のスーツ。金とエンジのネクタイを無造作に締め、低いソファの席で長い脚を持て余すように組んでいる。

その容貌は一度目にしたら忘れないだろう。そげた頬《ほお》に、鋭い鉤《かぎ》のような鼻梁《びりょう》。縮れた黒髪。東洋系であることは確かだが、滑らかな英語を使うと国籍は分からない。

つっ、と男が右の人差し指を立てた。

その仕草に、香港チャイニーズの行員は「は?」と反応する。

顔を上げ、男のサングラスの表情をうかがう。

「――金額を」

男が口を開いた。

かすれたような低い声だ。

「確かめたい」

「かしこまりました」


映画に登場する貴族の執事のような行員は、窓の無い部屋の一方の壁際からノートPCを運んで来ると、絨緞に膝《ひざ》をついてガラステーブルに置いた。蓋を開いて起動し、専用のカードリーダーに金色のカードを差し込む。

「この通りです」

画面のページの中に現われた数字を確認すると、男にPCをぐるりと向けた。

「――」

「ご指示通り、人民元からすべてUSドルに」

「――――」

男はうなずくと、また人差し指を上げる。

今度は行員でなく、横の女に促した。

革張りのソファには、男の左横に一人の女が掛けている。小柄で、スレンダーな身体《からだ》のラインン。肩のあらわになった黒のミニドレスに、黒い光沢のあるストッキングの脚を斜めにそろえている。

女が動くと、流れるような黒髪が天井の照明を跳ね返し、つややかに光る。

「……？」

女は切れ長の目で、男の横顔をけげんそうにうかがう。

「いい」

男は短く言い、卓上のカードを指した。

「お前が持て」

釜山　中心街

回転扉を出ると、低い雲が灰色の天井のように、午後の市街地を覆っている。空気には潮の匂いがした。

海鳥の鳴く声がかすかに伝わって来る。

「――――」

男は立ち止まると、空を仰いだ。

灰色の雲の底が、磨かれた黒のグラスに映り込む。

カツ
男が立ち止まったので、黒いドレスの女もピンヒールの脚を止める。自然な所作を装い、周囲を見回す。切れ長の目に強い光がある。
「〈牙《きば》〉」
女は、石造りの階段の下に横づけしている黒のリムジンと、男の横顔を交互に見て小声で叱咤《しった》した。

「なぜ止まる」

二人が背にする中国系の銀行の支店は、坂道の中腹にあり、石造りの三階建てに時計塔を頂いている。もとは八十年前の日本統治時代、日本行政府の建物だったと行員が説明していた。

釜山は古くからの港湾都市だ。朝鮮半島の南端にあり、険しい山地が日本海へとせり出す崖地に、まるで苔が密生するかのように石造りの建物がびっしりと張り付く。建物の隙間を走る街路は、海へ向かう方向はすべて急な下り坂だ。

「なぜ止まる」

女は繰り返した。

「――――」

男は、ゆっくりと見回す。

「古い街だ」

ぼそりと言う。

風の当たる銀行のエントランスは、見晴らしが良い。眼下の市街地の向こうに、白っぽく霞《かす》むのは海。海岸地区に林立する新しい高層ビル群が西日を浴びている。

「〈牙〉」

女は右手で髪を押さえるようにして、油断無く周囲を見ながら小声で叱咤する。

「あちこちに南の監視員がいる」

「中国の工作員もな」

男はリラックスした、ゆっくりした口調だ。

「心配するな。南の連中は手を出さない。俺たちは〈客〉だ」

「――――」

女は切れ長の目で男を睨む。長い髪から覗く白い耳に、透明な宝石をあしらったイヤリング。ピアスの穴は空けていない。

「玲蜂《れいほう》」

「何だ」

石段の下に、黒塗りのストレッチド・リムジンが停まっている。エンジンをかけた状態で、黒服の運転手が後部座席のドアを開いて待機している。

女は、迎えの車と男の横顔を交互に見る。いらだたしげに

「早く乗れ。姿をさらすな」

だが
「三六〇度」

男はサングラスの視線を周囲に向けながら、ぼそりと言う。

「三六〇度、見回してみろ」

「周囲はチェックしている」

「いいから、数えてみろ」


「……?」

女は、細い眉《まゆ》をひそめて男を睨《にら》む。

「どういう――」

「十字架は何本ある」

「何」

「見回して、教会の十字架が何本見えるか、数えてみろ」

「…………」

「何本、見えた」

「……六本だ。それが」

「ここは植民地だ」

男は表情を変えぬまま、サングラスの視線を巡らせる。

「後進国で、教会の十字架だらけの国はみな植民地だ。現地民は欧米人によってこき使われ、富を取り上げられる」

「…………」

「奴らのやり口はどこも同じだ。まず宣教師が来て布教し、商人が来て交易しようと言い、最後に軍隊が来る」

「…………」

「釜山でもソウルでも、通りに立って三六〇度見回せば、必ず十字架が何本も目に入る。俺の育ったフィリピンの街もそうだった」


「何が言いたい」

黒塗りの車体のドアが閉まり、長大なリムジンが動き出すと、女は問うた。

銀行へ出向くために車を用意したのは、今回の『依頼主』だ。

「船から外へ出るのが、どれほど危険か。わたしは兄に」

「――」

男は遮るように、また人差し指を上げた。

女が口をつぐむと、窓の外を指す。

「ここは植民地。そういうことだ」

男の長身に合わせてあつらえたスーツも、用意したのは『依頼主』だった。

七日前。南シナ海で実行した〈作戦〉の戦果が認められ、契約通りに報酬が支払われた。

その半分は、男が現在身を寄せている〈組織〉が取り、半分はこの男自身のものとなる
――それが『依頼主』と、〈組織〉と男との三者で交わされた契約だ。

中国人の口約束は信用出来ない、決して約束通りに金を支払うことはない、信用すればひどい目に遭う。それが国際ビジネスの世界では常識であったが、『依頼主』は仕事の後でも男を殺すことなく、提示した通りの額を約束の期日に支払った。また〈組織〉も男を殺さず、半額を取ることを許した。

それは。

この男の実力が期待以上のものであり、この先も利用する価値がある――そう認められた証だ。

この男――枯れ木のような長身は立ち上がるとやや猫背で、そげた頬に鈎のような鼻梁。

黒い滑らかな光沢のサングラスをその上に載せ、外すことはない。年齢は三十歳前後に見えるが、誰も詳細なプロフィールを知らない。名もいくつかあるらしいが、組織では男を〈牙〉と呼ぶ。

豪奢《ごうしゃ》なリムジンの革張りのシートに身を沈め、リラックスした姿勢の男はまるで猫科の猛獣が寝そべっているかのようだ。

「日本だけが違った」

男はつぶやくように続けた。

「日本は、かつて宣教師が入った時点で奴らのやり口に気づき、キリスト教を排除した。だから独立を保った。しかし半島も大陸も、俺の生まれ故郷もやられ放題だった。南朝鮮人は『日本に植民地支配された』と騒ぐが、今この国はどうなっている」

「………」

「この南朝鮮は、アメリカの経済植民地だ。財閥企業がGDPの八割を稼ぎ、儲かった金はアメリカ人の株主が持ち去って行く。後に残るのは、あれだ」

また男の指が、つっと窓外を指す。

車は、旧市街の坂道を降り切って、中央駅の前を通過する。

古くからあるメインストリート。

くすんだ赤いレンガの駅舎（日本統治時代の建物らしい）が遠くに見え、駅前の広場を埋めつくすのは様々な色のテントの群れだ。

「……？」

女は、広大な駅前広場の光景に、切れ長の目を瞬かせる。

びっしりと地面を埋める無数のビニール製テント。その隙間に、うずくまる人、人、人……。テントは青、赤、黄と派手な色ばかりだ。しかしそれらの隙間にうずくまり、あるいは新聞紙を敷いて寝そべる人影は、みな使い込んだ雑巾のような色。

「南朝鮮は」

男の濃い色のグラスに、色とりどりの無数のテントが映り込む。

「失業率をごまかしている。食いぶちも、住処も失った人間が、国中にあふれている」

「………」

女は、切れ長の目で、けげんそうに男を見返した。

「これが、どうかしたのか」

「？」

「テントはみな、きれいだ。雨漏りもしないだろう。餓死した死体も転がっていない。ここの連中は裕福だ」

釜山港　某所

「前回の〈作戦〉を終えてから」

カン、カンと鉄板の床を打つ足音。

暗がりの空間の底だ。頭上からも金属音が降って来る。盛んに作業が行なわれている。

「お前の機体はここへ収容され、完璧に整備をされた。中国の技術者が大勢派遣されているからな」

「――――」

鉄板の壁に囲まれた、立方体のような空間。

底から見上げると、鉄板の壁面ぎりぎりに接するように、翼端がある。鉄骨構造に載せられた鋭い流線型の物体。水銀灯の蒼白《あおじろ》い光が、鎮座する流線型を照らし出す。

濃い影の中から、男は見上げる。

「大佐。中国製のＩＲＳＴは」

「言うな」

低い声で制したのは、男と同じくらい長身の軍服姿だ。

ただ、体重のない幽霊のように立つ男に比べ、軍服姿の胸板は厚く、乗馬用の長靴で鉄板の床を踏みしめている。カン、カンという靴音はこの武骨なブーツのものだ。

「〈牙〉。お前が下方を赤外線で捜索する装備が必要だと言うから。彼らが工夫して取りつけた」

「――――」

「戦果も上がった。口は、閉じておけ」

そこへ
「これはこれは」

別の声がした。

「これはミスター〈牙〉、そして山猫大佐」

前方の暗がりの中から、もう一つの影が姿を現わす。

スリムな印象のダークスーツ。ちょうど水銀灯の一つが逆光となり、その人物の顔はよく見えない。縁なしの細い眼鏡《めがね》をかけている。

「再びお会いできて光栄です」

「――」

「――」

立ち止まる二人の男の前で、縁なし眼鏡のダークスーツは舞台劇の役者のように、左胸に手を当てて大仰に一礼した。

ダークスーツの後ろには、短い銃身のマシンピストルを黒いプロテクターの肩から吊した戦闘服姿が二つ。

「前回の南シナ海の〈作戦〉で、あなた――いえあなた方の見せてくれたパフォーマンスは見事でした」

縁なし眼鏡が水銀灯の光を反射し、表情は見えない。

お辞儀を解くと、ダークスーツ姿は、二人の男と同じくらいの長身。

「お陰で、ベトナム政府の邪悪な企みを粉砕することが出来た。いやこのエックス、感服いたしました」

エックスと名乗ったダークスーツの男は、逆光線の中だが、言葉の言い回しと所作がアメリカ映画に登場する中国人ビジネスマンのようだ。

若そうに見えるが、年齢は不詳。

大げさな言い回しのダークスーツとは対照的に、背後に立つ戦闘員二名は無言だ。肩からかけた銃のグリップを握り、引き金から指だけは外している。

「…………」

戦闘員の出現に呼応してか、〈牙〉の背後から、まるで影が分離するように長い髪の女がゆらっ、と姿を現わして立つ。

切れ長の目を、油断なく向ける。

「これは。ミス玲蜂」

ダークスーツの男は、再び小さく一礼した。

「お美しい、やはり私の見立てた通りだ。お似合いですよ」

「…………」

女は、表情を崩さずに睨み返す。

「……わたしにこんなものを着せ、格闘能力を削ごうとしても」

「そんなつもりではない」

エックスと名乗った男は、頭《かぶり》を振った。

「この後ろの警護兵は、船内の警備のために連れている。私たちは今や共闘している。共通の利益のためオペレーションを実行する仲間ですよ。ご覧なさい」

「――」

「――」

ダークスーツに指さされ、二人の男は頭上に視線をやる。

女は、エックスと名乗る男が人差し指を真上へ向けても、そちらを見ない。

「ご覧なさい、今から機体に取りつけます。あれこそが、我々の次の〈作戦〉を成立させる鍵です」

2

韓国　ソウル市内
中心街　路上

二時間前。

「いったい、どういうつも――きゃっ」

グォロロロッ、と床下でディーゼルエンジンが唸《うな》る。

閉じ込められた車体が急カーブしたのか、横Gで壁に叩きつけられた。

沢渡有里香《さわたりゆりか》は、硬いベンチシートで歯を食い縛る。

「わ、わたしたちを、こんなところに……！」

シートに手をつこうとして、思い通りに出来ず、ひっくり返りそうになる。カチン、と金属の当たる感触。手が使えない。

くそっ……！

信じられない。

両手首に、手錠がはめられている。

外にサイレンの音。

パトカーが先導しているのか……？

坂道を、急カーブを繰り返しながら下りて来た感じだ。もう、ソウル特別市の中心街に入ったのだろうか。金網のはめられた四角い小さな窓に、ビルの側面が流れる――しかし有里香の座らされている位置から、外はまともに見えない。

「あんたたち、どういうつもりよ、答えなさいよっ」

こんなところに、いきなり押し込んで……！

手錠なんかかけて。

「どういうつもりよっ!?」

小柄で、女優のように可愛く見えるが、取材対象へは猛犬並みに噛《か》み付くことから〈吠えるスピッツ〉と呼ばれている。

もしもスーツ姿で黙って座っていれば、大手企業の受付OLに見えたかも知れない（実際、ある商社で短期間だが受付をしていた）。しかし今、有里香はいつもの『出動服』であるジーンズの上下にTシャツ、ボブカットの髪をカチューシャで留め、額を出している。右腕には〈大八洲《おおやしま》TV〉の腕章を巻いているが、数分前まで手にしていたマイクは取り上げられてしまった。

今、周囲を囲うのは囚人を運ぶような（実際、その用途に使われているのだろう）鋼鉄製の箱形の車体。

この警察車両に、無理やり押し込まれたのも数分前。

会見の取材が終わり、青瓦台《せいがだい》（大統領官邸）の報道関係者専用口を出て、コンビを組む道振《みちふり》カメラマンと共にレンタカーの4WD車に乗り込もうとした、その瞬間だった。

――『名誉毀損の疑いで逮捕する』

その時。

一瞬、有里香は何を言われたのか分からなかった。

――『大八洲TV取材班。お前たちを、大統領への名誉毀損の疑いで逮捕する』

い、逮捕……!?

「逮捕って」

乗り込もうとした4WD車を突然取り囲み、有里香の前に立ち塞がったのは胸板の厚い黒服の群れだった。スピッツの前に、獰猛《どうもう》な番犬で知られるドーベルマンが立ち塞がったかのようだ。

「どういうこと」

思わず訊《き》き返すと

「お前たちは、大統領への名誉毀損を働いた」

黒ずくめの、獰猛な番犬のような私服警察官（バッジのようなものを見せたから警察官なのだろう。さっき会見場の中でも、ハングリア新聞の記者を捕まえようとしていた）は有里香を睨んで告げた。

「だから逮捕する」

「――――」

頭の中では、たったいま会見場で見聞きした内容をどうまとめようか――単語と単語を突き合わせていた。

会見で、韓国大統領に突きつけられた歴史的事実。今を去る一九六〇年代。ベトナムが南北に分かれて戦っていた戦争――いわゆるベトナム戦争のさなか。当時、自由陣営だった南ベトナムをアメリカ軍が支援し、韓国軍も戦闘に加わっていた。

その現地で、韓国軍は自軍将兵のために慰安施設を設置していた。多数の若いベトナム人女性が、慰安婦として、兵士に対し特殊なサービスをさせられていた。

そして『虐殺事件』。

ベトナム戦争において、驚くべきことに韓国兵は集団で村々（それも敵方の北ではなく南ベトナムの村）を襲い、村民を虐殺し女性に乱暴を加えると、火を放って焼き払ったという。ベトナム共和国政府が現在まで公式に記録している被害者の総数は四万人を超え、韓国兵との間に生まれた混血児はライダイハンと呼ばれてベトナム人社会では差別され、社会問題となっている――

ベトナムで韓国軍が行なったとされる様々な所業。

それらが、最近になって急に注目され始めた。

事の起こりは、ある日本人記者の働きだ。ワシントンに駐在していた日本の大手ＴＶ局の記者が、アメリカ公文書館で『資料』を発見した。そのアメリカ政府の記録によると、『ベトナムに参戦していた韓国軍が自前で将兵の慰安所を運営していた』という。

驚いた記者がさらに調べると、当時の南ベトナムにおける韓国軍の様々な所業が明らかになった。韓国軍は現地女性多数を慰安婦にし、非戦闘員を大虐殺していた。

どこかの新聞が捏造《ねつぞう》したのでもなく、どこかの国が後からでっち上げたのでもない。アメリカ政府とベトナム政府の公式記録だ。

記者は早速、この事実を記事にまとめ、東京本社へ送った。しかしなぜか渾身《こんしん》の取材結果は全く放映されなかった。そればかりか記者は東京へ呼び戻され、エリートコースだったワシントン支局員から傘下の新聞販売会社の総務課へ異動させられてしまった。

なぜ放映しないのか。韓国が声高に主張する『いわゆる慰安婦問題』は大きく取りあげて毎日のように報道するのに、同じ韓国がベトナム戦争で慰安婦を使ったり住民を虐殺したりしていたことを、なぜ報道しないのか。上層部に問うても全く答えようとしない。

怒った記者は、取材結果を週刊春秋と、ライバル局である大八洲ＴＶへ密《ひそ》かに持ち込んだ。事実は初めて記事になり、有里香の所属する大八洲ＴＶ〈ドラマティック・ハイヌーン〉でも放映された（日本国内のＮＨＫを始めとする他のメディアは、なぜかこの報道を全く無視して触れようとしなかった）。

時機を同じくして、ベトナム国内からも『戦争中の韓国軍の所業について世界に訴え、責任を問おう』という運動が盛り上がった。

韓国国内でも、公平なメディアと海外から評価されるハングリア新聞がこれを取り上げ、いくつかの市民団体は『真相を明らかにしよう』と声を上げ始めた。国連本部へ問題を訴えに行くというベトナムの使節団をソウルへ招いて、集会を計画した。

この騒ぎに、女性大統領のパク・キョンジュも会見を開かないわけには行かなくなってしまった。

沢渡有里香は、会見を生中継しリポートするため東京からソウルへ乗り込んだ。

だが――

「連行する。乗れ」

会見の場で、有里香は元ミス・コレアだという『美人大統領』に質問をした。

韓国軍は、ベトナム人女性を従軍慰安婦にしていたのだから、ベトナムに対して謝罪と賠償をするのか――？　そう聞き質したのだ。質問の様子は生中継で、大八洲ＴＶのネットを通じて日本全国へ放映された。

その直後のことだった。

「ちょっと待ってよ、逮捕ってどういうことよっ」

有里香は後ずさりながら、黒服の警官に問い返した。

だが背後にも別の黒服たちが回り込んで、包囲される。ＶＴＲカメラを担いだ長身の道振カメラマンに対しても同様だ。たちまち二人を囲んで、包囲を狭める。

「わたしたち外国の報道記者を、何の法的根拠があって逮捕するって言うの!?」

「お前たちは大韓民国大統領に対して、名誉毀損を働いた。許しがたい大罪である」

胸板の厚い黒服は、吠えた。

「だから逮捕する。連行しろ」

すぐに部下らしい黒服たちが「はっ」「はっ」と呼応し、動いた。

「あっ、何するんだ!?」

道振が叫ぶが、担いでいたカメラを黒服の一人にもぎ取られ、放り棄《す》てられた。それに気を取られる隙に、別の黒服が道振の両手首を捉えて手錠をかけてしまう。素早い技。

カチッ
「えっ」

有里香は目を見開く。

手錠をかけられた……!?

道振が……!?

呆気《あっけ》に取られた瞬間、有里香の背後にも黒服が素早く回り込み、マイクを握った右の手首を摑《つか》むと捻《ひね》り上げた。

「ぎゃっ、何――」何するのよ、と叫ぶ暇もない。あっ、と思った時にはマイクは放り棄てられ、左の手首も摑まれてカチン、と金属の響きがした。

それが数分前。

韓国の大統領官邸は、屋根に青い瓦《かわら》を使っているから〈青瓦台〉と呼ばれる。観光コースにもなるという古城のような建築は、ソウル特別市を見下ろす丘陵に立っている。裏庭には砂利を敷きつめた報道関係者用の駐車場があり、他の報道各社の車両もいて、記者やスタッフたちが撤収の作業にかかっていた。

その中へ、砂利を弾き飛ばして小型バスのような角ばった車両と、回転灯を載せたパトカーらしき車両数台が割り込んで来ると、黒服の男たちを吐き出した。それらがたちまち有里香と道振を取り囲んだのだ。

他社の取材クルーたちが『何事か!?』と注目する。素早くカメラを回す者もいたが、周りを固める黒服が睨み回すと、撮影は止めた。しかし少し離れた位置にいた〈CNN〉とロゴを書き込んだ4WD車の脇で、アメリカ人のカメラマンが担いだVTRカメラを向け続けた。騒ぎに気づいた金髪の女性記者が助手席から飛び下りると、マイクを手に走って来ようとする。

しかしCNNの記者とカメラマンが駆け寄るより早く、手錠をかけられた有里香と道振は砂利の上を引きずられ、小型バスのような車両に押し込まれてしまった。

「乗れ！」

幅の狭い乗降口から、中にいた戦闘服姿の警官二名が手を伸ばし、有里香と道振を次々に引きずり込んだ。黒プロテクターの肩からマシンピストルを吊した警官は、有里香の腕を掴むと床へ乱暴に転がし、韓国語で「そこへ座れ」と怒鳴った。同時にバスは乗降口のドアを閉じ、車体を揺らしながら慌ただしく走り始めた。

有里香は「何するのよっ」と叫ぶが、大柄な警官に今度は襟首《えりくび》を掴まれると、板張りのベンチのような座席に座らされた。両手首を拘束されているから、逆らいようがない。

横を見ると道振も同様だ。VTRカメラも、その他の撮影機材もレンタカーと共に置き去りにしたまま、バスに乗せられ『連行』されてしまう。

有里香は息を呑《の》み、周囲を見回す。バスの車体は窓が小さく、分厚いガラスには金網が被《かぶ》せられ、まるでテロ対策の警備に使われる装甲車のようだ。

グォロロッ

古いディーゼルの唸りを上げ、装甲バスは左へ急角度で曲がった。

「きゃっ」

また有里香は悲鳴を上げ、ベンチ横の支柱に上半身を押しつけて横Gをこらえた。手が使えないので、しがみつくことが出来ない。

ギキキッ、とブレーキをきしませると、車両は停止した。

「出せ！」

乗降口が開き、先ほどの黒服が乗り込んで来ると、戦闘服の警官に顎《あご》で指示した。

有里香はまた首根っこを摑まれる。

「ちょっと、よしなさいよっ」

だが叫んでも無駄だ。

乗降口からコンクリートの地面の上へ、引きずり下ろされた。

「痛っ」

転んだ。

ジーンズの膝が裂け、擦り剝《む》いた。

（う）

何をする、こいつら……!?

睨み上げようとしたところを、襟首を摑まれ、無理やり立たされる。戦闘服の警官が、素早い手つきで有里香のジーンズのウエストに紐のようなものを結びつけた。

「――な」

腰紐……!?

手錠に腰紐って……。

「来い」

黒服が促すと、紐の一端を握った戦闘服が、後ろから有里香の背中を小突いた。

有里香は唇を強く結び、立ったまま動かない。

意地でも、動いてやるか。

これじゃ、まるで捕まった犯罪者じゃないか……!

（この国では）

黒服を睨む。

どういうことよ。この国では、大統領に本当の事を訊こうとすると、逮捕されるっていうの……!?

「歩け、日本人」

上背のある黒服は、えらの張った顔で有里香を見下ろすと、後ろの戦闘員に促した。

「歩かぬなら、蹴って歩か――ぎゃ」

だが最後まで言えなかった。

黒服は自分の股間を押さえると、顔をしかめながら後ずさった。

有里香は、思わず黒服の股間を蹴り上げてから、我に返った。

(――はっ)

しまった、やってしまった……。

「こ、この雌犬っ」

「よ、よせっ」

道振が叫んで、割り込もうとするが、もう一人の戦闘員に羽交い締めにされる。

黒服が唸りを上げ、両腕を広げ、襲いかかって来た。有里香は身をかわそうとするが、背後の戦闘員に腰紐を握られ逃げられない。

「きゃあっ」

「この雌犬、雌犬、雌犬っ」

東京　お台場
大八洲ＴＶ　報道部

「連絡が取れない……？」

八巻貴司《やまきたかし》は、サブチーフ・ディレクターの報告に振り向いた。

「どういうことだ」

「それが、沢渡が電話に出ません。さっきから呼び出しているのですが」


報道部フロアの一画、スタジオを見渡す副調整室だ。

午後の情報番組〈ドラマティック・ハイヌーン〉のオンエアが、後半にさしかかっている。今日は番組開始とほぼ同時に、ソウルの韓国大統領官邸から生中継で会見の様子を流した。中継は十分も前に終了したが、その直後に全国の視聴者からメールやツイッターで膨大な数の感想や意見が押し寄せた。反響の大きさに、八巻は番組後半ではコーナーを差し替え、現場の沢渡有里香に感想を話させようと決めた。

ところが。

「何か変です、八巻さん」

現場とのコーディネートを担当するサブチーフは、携帯を手にしたまま首を傾げる。

「道振カメラマンも出ません。二人とも携帯のスイッチが切られていて、GPSによる位置の特定も出来なくなっているんです」

「何」

『——これまで』

副調整室のモニターには、オンエア中の映像が出ている。

司会の局アナ・宮嶋一郎《みやじまいちろう》のアップだ。

沢渡の追加レポートの準備が整うまで、しゃべって繋《つな》げと指示してある。

『いわゆる〈慰安婦〉問題でわが国を非難し、謝罪や賠償を要求し続けて来た韓国ですが。その韓国の軍が、ベトナム戦争のさなかにベトナム人の女性を雇って慰安所を設営し、将兵に対して特殊なサービスを行なわせていたことがアメリカの公文書によって判明したわけです』

『宮嶋さん。この問題について、たった今パク・キョンジュ大統領は会見で、ベトナムに対して謝罪などはしないと明言したわけですね』

アシスタント司会者の高好依子《たかよしより こ》アナがうなずく。

『大統領の発言を要約すると、韓国軍はむしろいいことをした。韓国はベトナムに謝罪や賠償はしない、でも日本は韓国に千年は謝り続けなくてはならない』

『そうです。この番組が派遣した沢渡記者の質問に対して、たった今、大統領はそのような回答だったわけです』

『視聴者の皆さんからは、意見や疑問がたくさん寄せられています』

『そうですね。それに何より――』

石川県

航空自衛隊小松基地

救難隊オペレーションルーム。

『――それに何より、ベトナム政府の公式記録で犠牲者四万人を超す〈大虐殺〉の事実が明らかになったこと。これには私も、驚かされずにいられません』

広大な小松基地の敷地の外れ、滑走路《ランウェイ》06の末端近くに『離れ』という趣で小松救難隊の隊舎と格納庫がある。

　ガラス張りのオペレーションルームからは、芝生の向こうに日本海の白波を見渡せる。喫茶コーナーのテレビが、午後の情報番組を流している。

　昼食を終えた隊員たちが戻って来て、午後の待機に入るところだ。

『そうですね宮嶋さん』

　救難隊には、二つの待機態勢がある。

　コクピット・スタンバイとも呼ばれる〈即応待機〉と、〈通常待機〉だ。小松沖のG訓練空域で演習が行なわれる時は、模擬空戦中の戦闘機からパイロットが脱出する事態に備え、ただちに離陸できるようUH60J救難ヘリに全搭乗員が乗り込んだ状態で出動の要請を待つ。これを即応待機という。冬場など、海面に着水したパイロットは秒単位で体温を失うから、瞬時に出られるようにする。

　そうでない時は、一般の訓練中の脱出や、山や海での民間からの救助要請に対応するために持ち回りで通常待機の当番をする。救難隊には、飛行隊とは違ってスクランブル専用のスタンバイルームなどは無いので、当番となったパイロットはオペレーションルームで事務作業をしたり、メディックと呼ばれる救難員たちはもとより暇さえあれば筋肉を鍛えるので、隊舎前の芝生や、雨天なら格納庫内で自主トレーニングをしている。呼び出しがあればただちに出動できる態勢で、日常の仕事をこなしている。

「雪見《ゆきみ》は、どうしたかな」

有守史男《ありもりふみお》二佐は、オペレーションルームの隊長席で、机上のノートパソコンの画面から目を上げた。

「そろそろ待機開始の時刻だが」

有守は小松救難隊の隊長だ。しかし人員はぎりぎりで回しているから、自らもUH60Jの機長として、日常の待機ローテーションもこなしている。

今日は、昼から沖合の訓練空域で演習が実施されたので、その間は即応待機をした。出動の要請は無く、一時間ほどで無事に終了した。昼食を済ませ、午後からは引き続き通常待機の当番だ。

隊長としてのデスクワーク――組織の事務作業は、放っておくとどんどん溜《た》まる。パソコンを開けると、知らぬうちに府中の司令部から処理すべきメールが届いている（救難隊は航空団の指揮下にはなく、府中に司令部を置く航空支援集団の所属だ）。有守は小松では『外様《とざま》』の扱いだから、管理職としては気楽であったが、業務指示は全部メールで降りて来るから毎日まめに読まなくてはならない。

「アメリカ軍のラプター、人気のようです」

外の芝生に面した扉が開き、ダンベルを手にした若い隊員が戻って来る。短く刈り込んだ髪に、オレンジのドライスーツ。保温性が良過ぎて暑いのか、ジッパーを半ばまで下ろしているのは先ほど見かけた時と同じだ。白いアンダーシャツの下に腹筋の段々が覗く。

メディックの鮫島《さめじま》一曹だ。皆が司令部棟の食堂まで昼食に行っている間も、独りで芝生へ出てトレーニングしていた。聞けば『一日一食主義』で、昼食は食べないと言う。出動すれば生死の境に立つメディックたちには、〈求道者〉という趣の者がいる。鮫島一曹もそのタイプだ。ストイックで、自分の流儀を通す。

「そこから見えますが。司令部前のエプロン、人垣が出来ていますよ」

「そうか」

ついさっき行なわれた沖合・G訓練空域での演習は、第六航空団とアメリカ軍との合同のものであったらしい。

空自のF15J四機と、アメリカ空軍第一戦闘航空団に所属するF22二機が模擬空中戦を実施したという。いわゆるDACT（異機種間模擬格闘戦訓練）だ。

即応待機につく際は、演習の内容は救難ヘリの機長には知らされる。どんな機体が何機いて、空域のどこでどんな行動をするのか。事前に知っていれば、救難隊は素早く的確に行動出来る。

今日の演習は、急に決められたものらしい。アメリカ軍と合同で行なうような場合、普通ならば一か月くらい前にスケジュールが決まり、救難隊の隊長には知らされる。

それが、通知をして来たのが昨日――前日のことだ。異例だな、と思った。

「――F22、か」

有守はPCの画面を見ながらつぶやいた。

最近よく、自分がもとは戦闘機乗りであったことを忘れている。

有守は十八歳で航空学生として入隊し、戦闘機を志望した。順調に訓練課程をこなし、二十二歳でF15Jのパイロットとなった。キャリアを積んで、飛行隊では後輩を指導する立場にもなった。結婚をしたのもその頃だ。

ところが、ある日ふいに辞令が来て、ヘリコプターへの『機種転換』を命じられた。

理由は分からない。自衛隊の組織の中で、異動の理由など通常は告げられないし、もちろん逆らうことも出来ない。

（いや）

心当たりは。

理由らしきものに、心当たりはある――

「――」

有守は目を上げ、ソファの向こうのＴＶ画面を見やった。ニュースを流しているようだが……テロップも目に入って来ない。

そういえば、あの時も。

ＴＶにニュースが出た。小松沖の訓練空域で――

「隊長」

ふいに、横で声がした。

（……!?）

有守は一瞬、驚きで思考が停まった。

何だ。

いつの間に……？

気配もなく、ゆらりと横に立った人影。

見上げると、ほっそりした飛行服姿だ。肩まで届くストレートの黒髪。

「……隊長？」

切れ長の眼が、けげんそうに見返してくる。

「どうかされました？」

「あ、いや」

有守は頭を振った。

「何でもない」


考えに、気を取られていたのか。

雪見桂子《けいこ》二尉が近づいてきたのに、気づかなかった。

まるで、雪女が気配もなく横に現われたかのように、驚いてしまったのだ。

「隊長、すみません」

午前中も有守の副操縦士を務めた雪見桂子は、ぺこりと一礼した。

「昼御飯のあと、司令部のエプロンで見物をしていたら、遅くなってしまいました」

「いや、いいんだ」

有守は、雪見桂子から目をそらすと、自分の腕時計を見た。

「今、ちょうど待機開始の時刻だ。遅刻ではないよ」

「はい」

「ラプターの見物か」

「はい、でもアメリカ側の警備が厳しくて。そばでは見られませんでした」

「そうか」

そうだろうな。

パイロットなら、誰でも、Ｆ22が来ていると知れば見たいだろう……。

有守はうなずき、喫茶コーナーのＴＶを指した。

「待機に入ろう。あれは、消しておいてくれ」

「はい」

「雪見」

「はい」

「例の統計の仕事を、頼んであったな。待機の間、やっていてくれないか」

「わかりました、隊長」


戦闘機、か――

有守は、ＰＣの画面に眼を戻す。

俺は、鮫島一曹から『外の芝生から見えます』と言われても、席を立つ気がしなかった。

戦闘機は、離れて久しい。

今は救難ヘリの機長として『山岳救助の時に悪天候だったらどう飛べばいいか』とか、そんなことばかり考えて暮らしている。救難の仕事は難しくて面白く、やりがいもある。こうして、外から来た〈F転〉組でも隊長になれた。俺の今の境遇は――

「悪くない」

つぶやいた。

悪くないさ。

カタン
隊長デスクから斜め前の席に、飛行服の雪見桂子が腰かける。器用な手つきで、髪をうなじの後ろで結ぶと、机上にパソコンを広げた。

（――）

有守は、ちらとデスク脇の屑かごを見た。丸めて捨てたアルミホイルの塊がある。

頭を振り、自分のＰＣの画面に眼を戻した。

3

小松基地　司令部棟一階

「――――」

月刀慧《がとうけい》は、食堂を出ると、独り通廊を戻った。

飛行服のポケットに両手を入れ、無言だ。

長身を少し猫背にして歩く。食堂から飛行隊オペレーションルームへ戻る一階通廊は、人気がない。地上勤務の隊員たちは午後の勤務に入っており、午後フライトの連中は訓練空域へ飛び立って、出払ってしまっている。

カツ、カツ、カツと足音が反響する。

くそ。

――『やったのは』

（……くそっ）

思わず、心の中でつぶやく。

「――ふ」

ふざけやがって、と呟《つぶや》きかけ、やめる。

足を止める。

――『やったのは〈奴〉だ』

脳裏によみがえるのは、たった今の会話。

「やったのは〈奴〉だ」

「〈奴〉……？」

朝から、飛行班長としての雑用をこなし、昼過ぎからは管制塔と、地下の要撃管制室に詰めて演習の様子を観戦した。G空域でアメリカ軍のF22と戦ったのは月刀の班のパイロットではなかったので、演習後の合同デブリーフィングには参加できなかったが……。

その後、遅い昼食を一人で食べていると。

「月刀、ここか」

ふいに背中から声をかけられた。

「――!?」

軽く驚いた。

だが声の主は、振り向かなくても分かる。

「夏威《なつい》か」

「しばらくだな」

ダークスーツの長身の男が歩み寄って来ると、テーブルのさしむかいに立った。

「探したぞ月刀。何だ、今頃昼飯か」

「忙しくてな」

またこいつか――そう月刀は思った。

最近、何か事件が起きると、決まって会う気がする。

この男――夏威総一郎《そういちろう》とは、古い付き合いだ。高知市の高校の剣道部でチームメイトだった。卒業して、月刀は航空学生として空自パイロットの道へ進み、夏威は東大法学部へ進んで官僚となった。

夏威は防衛官僚だったが、一時期、外務省へ出向していた。〈ふゆしま事件〉で助け合ったのがその頃だ。

縁なし眼鏡に、短く刈り込んだ髪。月刀と同じくらい長身。現在は防衛省からまた出向し、内閣府に新たに設置された『日本版ＮＳＣ』と呼ばれる組織にいる、という。

夏威総一郎はテーブルの差向《さしむか》いに掛けると、言った。

「『日本版ＮＳＣ』は」

「アメリカのナショナル・セキュリティー・カウンシルに相当する組織だ。日本にも国家安全保障局が出来たのだ。俺は今、そこにいる。政策企画班長だ」

「政策企画――」

「そうだ」夏威はうなずいた。「防衛省からの出向官僚として、主に周辺事態に対する対策案を企画する。定例の内閣安全保障会議にも出る」

「それで」

月刀は食堂の窓の外を見た。

司令部前のエプロンが望める。

頭上から被さるように、巨大なＣ17輸送機の主翼の端が見えている。

「あそこでの秘密の会合は、済んだのか？」

今日のアメリカ空軍と空自の『合同演習』の後、評価判定のためのミーティング――合同デブリーフィングは非公開とされ、自分は締め出しを食った。

それはいいとして。ふいに基地上空に、横田の航空総隊司令部所属のヘリが現われると、デブリーフィングの行なわれるC17輸送機の横へ慌ただしく着陸した。中から出て来たのが幕僚数人と、ダークスーツの男――こいつだった。

航空総隊の幕僚と、内閣府の官僚が演習後のデブリーフィングに加わる……？

いったいい、何が話されている――

「いや」

夏威は頭を振る。

「ちょっとな。ブリーフィングは都合で一時中断となった。小一時間、休憩だ」

「？」

「ちょうどいいから、お前の顔でも見ようと思ってな」

「ところで月刀」

夏威は脚を組んだ姿勢から、テーブルでさしむかいの月刀を見た。

「秘密は、守れるな」

「――？」

「俺は」

夏威は鋭い目で、声を低めた。

「お前のことも、今回の〈作戦〉のスタッフとして推薦するつもりだ」

「――どういう」

「いいか。聞け」

「――」

「アメリカ軍は今回の〈作戦〉に、〈奴〉と直接渡り合った経験を持つパイロットを欲しがった。風谷修《かぜたにおさむ》二尉、鏡黒羽《かがみくろは》二尉、そして漆沢美砂生《うるしざわみさお》一尉。菅野一朗《かんのいちろう》二尉はダミーとして混ぜた。表向きは『戦技競技会優勝チームと訓練で対戦したい』という名目にした。〈作戦〉を準備していることを、悟られないためだ」

「――〈作戦〉?」

月刀は視線を上げた。

「どういうことだ」

するど
「…………」

夏威総一郎は鋭い視線で、周囲の空間を見た。

その目が止まり『人目があるから話せん』という表情になる。

月刀も振り向いて見る。

食事時間はとうに過ぎ、がらんとした食堂だ。

人けはない。しかし離れた席に、飛行服姿の女子パイロットが一人いた。月刀と同様、厨房《ちゅうぼう》に取り置きを頼んでいたのか、昼定食の盆をテーブルに置いている。ただ白飯の丼は脇にどけ、自分で持参したのだろう、小さな握り飯を口に運んでいる。

髪が長い――うちの飛行隊じゃないな……。

美人だな。誰だ？

（そうか）

思い出した。

「あれは、救難隊の副操縦士だ」

月刀は向き直ると、夏威に告げた。

「演習の間、待機していたんだ。いま昼飯なんだろう」

夏威は、奥のテーブルとの間隔を目で測ると、うなずいた。

「月刀」

声を低めた。

聞かれぬように、小さな声で話す。

「知っているか。中国では、すでに不動産バブルが崩壊している」

「……バブル？」

「そうだ」

夏威はうなずく。

「バブル崩壊が起きているんだ」


「……？」

〈作戦〉のことを教えろ。

そう頼んだのだ。

なぜ、中国経済の話になるのか……？

夏威の口にした、〈奴〉とは何だ。

気になるが
「いいから聞け」

夏威は続ける。

「これまで中国では『インフラ投資だ』と言って、巨大プロジェクトで人の住まないゴーストタウンばかりを造り続け、それらを高値で転がして共産党や人民解放軍の幹部たちが儲けて来た。ゴーストタウンのマンションが売れないと、さらに大きなプロジェクトを立ち上げて借金し、その金で損失を穴埋めする。それを繰り返して来たが、もう限界だ。奴らが経済をこれ以上もたせるには、国の外にインフラ投資のプロジェクトをたくさん作り、それらを子飼いの中国企業にばんばん受注させて稼ぐしか方法は無い。そこで奴らはＡＩＩＢを立ち上げた。アジアインフラ投資銀行というやつだ。世界各国から出資を募り、主にアジアのインフラ投資に貸し出すという名目だが、あれは例えれば『審査の甘いカードローン』みたいなものだ。環境を破壊したり、収益性が悪くて融資の回収が見込めないような案件にもどんどん貸すだろう。投資が回収出来なくても構わない、貸すのが目的なんだ。おまけに建設の受注を中国企業に独占させるため、理事会では中国にだけ拒否権がある。ＡＩＩＢの本部は北京に置かれるが、出資する各国から選出される理事は『コスト削減のため』本部に常駐しない。実質、共産党がすべてを仕切る仕組みだ」

「それが、アメリカ軍の〈作戦〉とどう関係するんだ」

「まぁ聞け」

夏威の縁なし眼鏡に、窓の光が映り込む。

Ｃ17の翼端のシルエット。

「月刀。一方、南シナ海では中国が次々に岩礁を埋め立てて、軍事施設を建設しているのは知っているだろう」

「……あぁ」

「中国は、大陸沿岸から遠く離れた海域まで『自国の領海だ』と強硬に主張、水面下に隠れていた岩礁を次々に『島』に仕立てて軍事基地化している。このままでは早晩、南シナ海全域が中華人民共和国の軍事勢力圏にされてしまう。わが国へ資源を運ぶシーレーンも南シナ海を通っている。アジア全体にとって脅威だ。

　脅威の中心は、ファイアリー・クロス礁だ。本来はベトナムが領有していた環礁を、一九八八年のスプラトリー諸島海戦で中国が武力でぶんどって実効支配している。ここに現在、三〇〇〇メートル級の滑走路と付帯施設、二つのヘリポート、十基の衛星アンテナとレーダー塔、大型艦船が入港出来る港湾施設まで造成して要塞化しつつある」

「アメリカは、どうして黙っているんだ」

「従来なら黙っていないが、駄目だ月刀。アメリカは今、民主党政権だ。分かるだろう、大統領が数年前に『世界中から核を廃絶する』と演説してノーベル平和賞を取ってしまった。そのせいでアメリカは今、世界中で強硬な軍事行動が出来なくなり、中東でも東欧でもアジアでも嘗《な》められまくっている。今回の南シナ海の中国の動きに対しても、偵察行動しかしていない。それも『ここは中国の軍事制限空域だ』と無線で脅かされると、P8哨戒機《しょうかいき》が尻尾を巻いて逃げ出す始末だ」

「…………」

「中国は、今がチャンスだと考えている。少なくともアメリカが次の政権に替わるまでの間に、人工島をたくさん造って要塞化し、南シナ海全域を実効支配するつもりだ。しかしこれに対して、黙っていないのがベトナムだ」

「ベトナム？」

「そうだ」夏威はうなずく。「ベトナムはしたたかな国だ。アジアで唯一、中国と何度も武力衝突している。もとは自国のものだったファイアリー・クロス礁を奪還するため、彼らは数年前から準備し、機会をうかがっていた」

「…………」

「中国は今、経済の危機にある。世界各国に金を出してもらってＡＩＩＢを作らないと、共産党や人民解放軍の幹部たちが破産してしまう。追い討ちをかけるように、先日、上海の株式市場がついに暴落した。ＡＩＩＢに一度は参加を表明した各国も、出資をためらい始めた。すでに参加を表明した五七か国のうち、七か国が設立式に来なかった。ここでもし、南シナ海で戦争なんか起こせば、ＡＩＩＢは潰れてしまう。ベトナムはチャンスだと判断した。中国はベトナムが環礁を空爆しようとしても、表立って叩き潰せない。やるなら今だ」

夏威は眼鏡を光らせた。

「ベトナムは一方ではＡＩＩＢに参加と出資を表明して、設立式に代表団を送りながら、同時にダナン空軍基地に新鋭のロシア製スホーイ30戦闘機六機を爆装させ、待機させた。そして七日前の深夜、ついに出撃させた。六機は、ファイアリー・クロス礁に建設中の中国軍事施設を完全に破壊するのが任務だった。だが」

「……だが？」

「破壊出来なかった――いや、六機は辿《たど》り着くことさえ出来なかった」

「それは、人民解放軍の航空部隊が、情報をキャッチして待ち構えていたのか？」

「そうじゃない」

夏威は頭を振る。

「確かに出撃の情報は、キャッチされていたらしい。しかし中国は表立って軍を動かせない。ＡＩＩＢが潰れてしまう。株も暴落しているんだ、共産党幹部がみんな破産してしまう」

「では」

「中国は、テロリストを使った」

「？」

「やったのは〈奴〉だ」

「――ふざけやがって」

通廊の途中に立ち止まった月刀は、思わずつぶやいていた。

たった今の、食堂での会話。内閣府の国家安全保障局に勤務する夏威は『〈奴〉と直接渡り合った経験を持つパイロット』と口にした。

〈奴〉――

それならば。

おそらく、〈奴〉と最初に渡り合ったのは、俺だ……。

（…………）

月刀は唇を嚙む。

再び、会話を思い出す。

「〈奴〉……？」

月刀は夏威の言葉に、眉をひそめた。

「〈奴〉とは何だ」

「謎のスホーイ27」

「……!?」

月刀は、目を見開く。

今、こいつ何と言った……?

謎の──

「いいか月刀」

夏威は続ける。

「ベトナム軍の行動を監視していたアメリカ軍機によると、編隊を襲って来たのはたった一機のスホーイ27だった。所属は不明。六機の最新鋭の攻撃編隊が、たった一機の謎のフランカーによってたちまち全滅させられ、攻撃目標へ辿り着くことさえ出来なかった」

「……し」

月刀は言葉に詰まる。

「しかし、どうして、そいつが謎の──所属不明のスホーイだって分かる!?　中国軍ではないと」

「それは〈奴〉が、名乗ったからだ」

「……何」

「監視に当たっていたアメリカ編隊に対して、〈奴〉は名乗った。無線の声は日本語だったそうだ。こう言った。『我々は〈亜細亜《アジア》のあけぼの〉だ』」

「…………」

月刀は絶句していた。

日本語で、名乗った……?

「月刀」

夏威は続ける。

「我々の分析で、〈亜細亜のあけぼの〉は北朝鮮の保衛部が造ったテロ組織だと分かっている。かつてはわが国を攻撃するのが目的だった。しかし最近では、拠点をあちこちに移しながら、中国の求めに応じた〈作戦〉も行なうようになった。ビジネスとして北がやらせているらしい」

「…………」

「かつて、わが国の原発を空襲し、破壊する寸前にまで迫ったことは『実績』だ。これをだしに外貨を稼ぐ。南シナ海で、〈奴〉が『我々は〈亜細亜のあけぼの〉だ』と告げて去ったのは、中国の仕業ではないとアピールするのと同時に、別のクライアントに向けて『うちに仕事を任せないか』と営業しているのだ」

小松基地　司令部棟
一階通廊

「────」

月刀慧は、しばらく立ち止まって考えていた。

謎のスホーイ。

〈奴〉が現われた。

今でも耳に残っている。無線越しにククク、と低く笑う声──

スホーイを駆る謎の男。

政府からの公式発表は無く、『なかったこと』にされているが。〈奴〉は、かつて日本の北陸沿岸の原子力発電所を空襲している。爆装した旧式ミグの編隊を引き連れて、浜高原発へ襲って来たのだ。

その時は、哨戒中を遭遇した漆沢美砂生と鏡黒羽のペア、そして応援に駆け付けた風谷修の三機が交戦し、防いでいる。巨大原発はかろうじて破壊を免れている。

〈亜細亜のあけぼの〉を名乗る謎のスホーイ。操縦する謎の男。わが国の安全を脅かす存在だ。

だが〈奴〉が最初に現われたのは、実はその時ではない。〈浜高原発空襲事件〉のさらに三年前に遡《さかのぼ》る。

（……あの時だ）

月刀は唇を噛む。

俺が、まだ二尉で、南西航空混成団にいた頃。

那覇《なは》上空に突如現われたスホーイ24フェンサー。

〈奴〉が最初に日本の空域に現われた時。

そこにいたのは俺だった……。

「…………」

航空自衛隊のパイロットは、平和憲法と、自衛隊法に行動を縛られる。〈浜高原発空襲事件〉のさらに三年前、〈奴〉が最初に沖縄へ現われた時、スクランブルで上がったのは自分だった。憲法と自衛隊を逆手に取るような行動に、自分は何も出来なかった。そればかりか「もうすぐ沖縄県知事選挙だから」という理由で、警告射撃さえ――

「――くそ」

月刀は昔、一匹狼のような若いパイロットだった。腕に自信があり、組織の上に対してずいぶん文句も言った。俺たちの日本という国は、満員電車の中の気の弱い女子高生ですか。何をされても、痴漢されても抵抗も出来ない。誉められて、やられるままですか。

先輩であり、当時から直属の上司だった火浦暁一郎《ひうらきょういちろう》をてこずらせたものだ。しかし月刀自身も進級して、飛行班長として後輩の面倒を見るようになると、自衛隊の置かれた境遇について文句を言っている暇もなくなってしまった。

「ふざけやがって」

夏威が『〈奴〉』と口にした時。

久しぶりに、あの頃の怒りが蘇《よみがえ》った。

『――沢渡記者と繋がりません』

廊下のどこかから、声が聞こえた。

TVの声か。

『どうしたのでしょうか。もう一度、呼んでみましょう。ソウルの沢渡さん』

「――――」

月刀は立ち止まったまま、記憶をたぐり出していたが。

苦い唾《つば》で、口の中が気持ち悪くなった。

コーヒーが呑みたい。

（そうか、休憩室）

一階の通廊の途中に幹部休憩室がある。

ＴＶとソファと、飲物の販売機がある。

自動販売機でもいい、一杯呑んで行こう。

司令部棟一階　幹部休憩室

『ソウルの大統領官邸と繋がりません』

昼休みを過ぎた休憩室は、人けが無かった。ソファの前のＴＶが、つけたままにされている。

午後の民放の情報番組だろうか、司会者かアナウンサーの顔が大写しになっている。

『全国の視聴者のみなさんから、様々なご意見が寄せられているところです。ここは、先ほどの会見の中から、大事なところを繰り返して見てみましょう』

「――――」

月刀は、口にするコーヒーにはこだわりを持っている。

日本海を見下ろす崖の上の別荘用ログハウスを、住居として借りて住んでいるが、自分の部屋では豆からミルで挽《ひ》いてコーヒーをいれる。

いまだに独り身なのは、色々理由はあるが。世帯持ちの連中と比べ、高価《たか》いコーヒー豆を好きに買い込めるのは良い、と思っている。

仕事場の基地では、飲物に贅沢は言わない。仕事中に飲む茶やコーヒーと、嗜好品として楽しむコーヒーは別だ。しかしどうせ飲むなら、出来るだけうまいものがいい。

基地は、夜勤の者もいるので、自販機類は充実している。休憩室には大型のコーヒー自動販売機が置かれ、一杯二五〇円も取る代わりに、豆からミルで挽いて大振りのカップで提供してくれる。これは月刀にとっては、許せる味だった。

コインを入れ、一番高いモカのブレンドを選んだ。コーヒーが出て来るまで一分間。腕組みをして、立ったまま待った。

何気なく見回すと、窓からは司令部前のエプロンが見渡せる。

駐機するＦ22ラプター二機の周囲を、アメリカ軍の警備兵たちが護《まも》っている。

（そうか）

月刀は黒い機体を目にして、合点が行った。

つけっぱなしのＴＶ。おそらく昼休みに事務方の幹部たちがＴＶを見たり、将棋を指していたところへ、演習を終えて着陸したＦ22がパーキングして来たのだろう。皆はそのまま、一斉に見物に出てしまったのだ。

俺だって、真田《さなだ》三佐や夏威総一郎と話しこまなければ、そばで見物したところだ――考えで頭がいっぱいになり、それどころではなかった。

「ふう」

月刀は、スターバックスで出されるような大振りの紙コップを手にすると、使いこまれた革張りソファに尻を落ち着けた。

いれ立てだから、モカの強い香りがする。外の景色を見ながら一口すると、気分は落ち着いた。

『大統領』

ＴＶの画面が目の前にある。

声が、耳に入る。アジア系の人が話す英語に、日本語の同時通訳が被さる。

『使節団副団長、理事のチャン・バー・ミンです』

つけっぱなしか。しょうがないな……。

月刀はテーブルの上にあったリモコンを取り、画面を消そうとするが。

（――？）

ふと、その手が止まる。

画面は、どこかの会見場のようだ。

空間の奥に演壇があり、手前の座席はすべて埋め尽くされている。記者だろうか、立ち上がった男性の後ろ姿が一つ。そして目を引いたのは。

あれは――

（――韓国の大統領か？）

月刀は目をしばたたく。

演壇の上にいるのは、紅《あか》いドレス姿だ。まるで社交ダンスの競技でもするみたいに、髪を円錐状《えんすいじょう》に結いあげ、濃い化粧。吊り上がった両目がこちらを――いや、記者席の男性を睨んでいる。

確かに、あれはパク・キョンジュだ。

何を睨んでいるんだ……？

『我々が』

声が続く。

『今日、そちらにおられるカン記者のハングリア新聞と、韓国国内の市民団体の招きがあって訪韓したことは、ご存じのことと思う』

記者席の男性の後ろ姿が、手振りを交えて話す。アジア人特有のアクセントの英語に、同時通訳の声が被さる。通訳をつけているのは、この会見の映像を流している日本のＴＶ局か。

画面の下にテロップが現われる。〈韓国大統領　大虐殺を否定!?〉

「……!?」

大虐殺？

何のことだ――

だが

コトッ

背後で気配がした。

大柄な人間が、のそりと背後に立つ感じ。

「？」

月刀の神経が反応した。

4

小松基地
司令部棟一階　幹部休憩室

「よう」

低い声がした。

（──!?）

ソファから振り返って見上げると、そそり立つような大男がいる。

飛行服の袖をまくり、腕組みをして月刀を見ている。

丸太のような毛むくじゃらの腕。

「暇そうじゃねぇか。珍しい」

「――」

月刀は、睨み返した。

「あんたに」言われたくない、と口にしかけ、唇を噛んだ。

現われた大男は、鷲頭《わしず》三郎《さぶろう》二佐。

年齢は、すでに四十を過ぎ、戦闘機パイロットとしては長老格だ。

以前は指導的な役職にも就いていたが、現在はポストをすべて後進に譲り、ひらの飛行隊パイロットだ（しかし元飛行教導隊副隊長に、頭ごなしに命令できる者は基地に一人もおらず、皆に一目置かれる存在だ）。

同じ基地に勤務しながら、月刀はこの男と滅多に口をきかない。

鷲頭の方から話しかけてくるなど、ここ数年、皆無に近かった。珍しいことだ。

「どうだ」

大男は腕組みをしたままフフ、と笑った。しかし目は月刀をじかに見ず、窓の外へやったままだ。

「〈広告塔〉の女は、元気か」

「――！」

月刀は反射的に立ち上がりかけた。

腹の底に、カッと熱いものがこみ上げ、抑えが利かない。

「おっと」

毛むくじゃらの腕で、鷲頭は「よせ」と言うように押しとどめる。

「もう、殴り合いじゃねぇだろう。お前さんも三佐で飛行班長だ」

「だったら」

「この口に遠慮がねぇのは、昔からさ」

フン、と大男は笑った。

「知ってるだろ」

「――――」

「昔、もしもあの店で、お前さんが殴りかかって来なかったら。今頃俺はまだ飛行教導隊にいて、隊長を張っていた。お前はさしずめ虎谷《こたに》のやつと二人で副隊長だ」

「――――」

「損な性格だな。お互いに」

月刀は、大男を睨みつけていた。

休憩室のTVはつけたままになっているが、もうニュースの音声も耳に入らない。

肩で、息をした。

その月刀に
「そう睨むな」

鷲頭三郎は腕組みの姿勢に戻ると、顎で窓の外を指した。

「あの機体、見たか」

「――見物に行けるほど、暇じゃない」

「なら、ここからでもだいたい分かる。あのコクピットだ」

「コクピット?」

「そうだ。ここから見て、特別な造りに見えるか」

「どういう」

「あれは特別な、Gに耐えるような造りにはなってねぇってことさ。F16のような、仰向けで操縦するわけじゃない。見たところ、普通の射出座席だ」

「――?」

月刀は、ソファに腰を下ろし直すと、窓外を見やった。

鷲頭と向き合ってやり合うのも、息が詰まる。

外には、黒いラプターが駐機している。双尾翼のシルエットがよく見える。ここからは三〇メートルと離れていない。

あの機体は、二機来ているうちの一番機か……？

「…………」

手にしたカップから、コーヒーを一口飲んだ。

そこへ
「何G、かかったと思う」

鷲頭の声が背後で訊いた。

「お前さんは、どう思う。飛行班長」

「……？」

何を訊くのだろう。

何Gかかった……？

（……そうか）

昔からのしこりは、脇に置くとして。

月刀は鷲頭の指摘することは、理解出来る。

もともと、考えが合わないわけではない。

この大男と初めて会ったのは、もうだいぶ昔——那覇に勤務するよりさらに前の、まだ月刀が新人だった頃だ。F15に乗るようになって、最初に勤務した第二航空団。千歳《ちとせ》基地でのことだ。

忘れもしない。その日、飛行教導隊が定期の巡回指導にやって来て、月刀の所属していた第二〇一飛行隊のパイロットたちは皆、模擬空戦でこてんぱんにやられた。当時新人だった月刀も例外では無かったが、訓練の後で教導隊副隊長の鷲頭三佐に呼ばれた。「お前は見どころがある、教導隊にスカウトしたい」と言う。

飛行教導隊の隊員には、希望してなれるものではない。全国の基地を巡回し、各飛行隊を相手に〈敵機〉の役を務め、こてんぱんにやっつけることで実戦の技術を指導するのが教導隊の任務だ。航空自衛隊の全パイロットから一目置かれる。

教導隊の隊員には、操縦技術が一流であることはもちろん、勝負強さにおいて並外れた素質と〈勘〉が求められる。よく言われるのが『ブルーインパルスは天才だが、教導隊は怪物だ』という言葉。それがすべてを表わしている。

教導隊に入るには、選抜試験もあるが、各飛行隊から『引き抜き』で選ばれることも多い、という。

各基地を巡回する中で、教導隊の隊長や副隊長が「これは」という若者に目をつけ、一本釣りでスカウトをする。航空幕僚監部も、教導隊が各飛行隊から若いパイロットの引き抜きをすることを容認している。実戦に近い訓練の中でしか、そのパイロットの持つ本当の強さ、素質というのは見極められないからだ。教導隊のリーダーが「こいつをくれ」と言えば、各飛行隊は自分たちの将来のエース候補であっても、その人材を差し出し、指名された本人も栄誉と感じる。

それは月刀も同じだった。

航空自衛隊で最強の戦闘機パイロットのチームに、多くの先輩たちを差し置いて、自分が指名されたらしい――

その晩は千歳に滞在するという鷲頭副隊長から「呑みに行かないか」と誘われた。月刀は誇らしい気持ちで出かけたのを憶えている。

その頃、月刀は新人ではあったが飛行隊の先輩たちの飛び方を『緩い』と感じていた。ところが鷲頭と話すと、意見が合う。戦闘機の飛ばし方、戦術論などを熱く、面白く話した。最初のうちは『この人は分かっている』と、嬉しい気持ちだった。千歳の呑み屋街の居酒屋のTVに、偶然映っていた夜のドラマ。その画面に出ていた女優を指して、鷲頭が何気ない一言を口にするまでは——

「売れなくなったら、宗教団体の〈広告塔〉か。ふん、どうせ教祖に一発やらせて、〈広告塔〉にしてもらったんだろう」

そんな台詞《せりふ》だった。

それから、どんなやり取りをしたのか。

実は月刀も、よく憶えていないのだった。

気づいたら店の外の路上で大男の鷲頭と殴り合いをしていて、警察の世話になった。

その後、月刀はしばらく飛行停止となり、間もなく沖縄の南西航空混成団への配転が決まった。鷲頭三佐も教導隊の副隊長を降りることになったという。

月刀は『教導隊の副隊長を殴って飛ばされて来た男』として那覇では奇異の目で見られ、生来の一匹狼の性質がますます強くなった。当時、那覇で飛行班長をしていた火浦暁一郎が面倒を見てくれていなければ、完全にはぐれ者となっていただろう。

鷲頭とは、それ以来の因縁だ。

火浦と共に小松の第六航空団へ転勤して来た時、鷲頭が在籍しているのを知って、悪い冗談かと思ったものだ——

「あのラプターの一番機」

月刀の背後に立ったまま、鷲頭は指摘した。

「さっきの〈ひねり込み〉に見えた技だ。瞬間的に、一〇Gってところか」

「――その通りです」

月刀は唸った。

外を見たまま、うなずいた。

「荷重倍数は、瞬間的に一〇・五だった」


鷲頭の「何Gかかった」という問いかけは、先ほど終了したばかりの演習で、目の前のF22の一番機が見せた〈技〉についてだ。

月刀には、問いかけの意味はすぐに取れた（元々、空中戦術論では意見が合う）。

あのような〈技〉は、これまでジェット戦闘機では『出来ない』と言われて来た。

それを――


演習のすぐ後、月刀は、技術研究本部の真田三佐から戦闘中の三次元軌道の解析画面を見せてもらった。

コンピュータの作成した三次元アニメーションでは、ラプターの動きは、紅い三角形のシンボルで表わされた。

動画がスタートすると、F15を表わす青い三角形と軌道は絡み合い、互いに斜め宙返りで後尾を取り合う。

初めは互角の巴戦《ともえ》に見えた。しかしある時、紅い三角形はフッ、と瞬間的に移動すると青い三角形の後尾に食らいついた。あまりに疾《はや》い動き。スロー再生にしなければ、何が起きたのか分からない——

これは、かつて大東亜戦争で零戦が得意とした〈ひねり込み〉の技か……？

月刀は目を見開いた。

もちろん、ジェット機では理論上『出来ない』ことになっているから、〈ひねり込み〉に似た技だ。無理やりに軌道をねじ曲げた瞬間、かかった荷重倍数をコンピュータが弾き出した。

一方、大男は、空中機動の記録をパソコンで解析したわけではない。さっき地下の要撃管制室のスクリーンで見た印象だけで語っている。だがその〈勘〉は正確だ。

「あのラプター一番機は」

月刀は、真田に見せてもらった画面を思い出す。

「演習の終盤で、風谷のイーグル一番機と斜め宙返りの巴戦に入った。どちらも譲らず、相手機の後尾につこうと旋回していたが。そのさなかラプターは宙返りの頂点付近で推力偏向ノズルを使い、軌道を強引にねじ曲げて風谷機の後ろを取った。瞬間的に数千フィート落下し、あたかも昔の零戦が〈ひねり込み〉をするようにも見えたが——解析の結果によると、その瞬間の荷重は一〇・五Gだそうです」

「ふん」

鷲頭は鼻を鳴らした。

「あの一番機のパイロット」

鷲頭は低い声で言った。

「どんなやつだったか、見たか」

「いや」

月刀は頭を振る。

「デブリーフィングは、俺も締め出しです」

月刀が要撃管制室から地上へ上がった時には、すでに演習に参加した六機は帰着して、搭乗員たちは降機した後だった。

それよりも、月刀は、アメリカ軍のC17輸送機の隣に慌ただしく降りて来たUH60――航空総隊司令部所属のヘリの方に気を取られていた。

「締め出しは、俺も同じだが」

鷲頭は、腕組みをしたまま言う。

「担架で、そのパイロットを運んだという整備隊の若い隊員に話を聞いた」

「――担架？」

「降りるなり、倒れたそうだ。あそこで」

「…………」

倒れた……？

基地に帰着して、そのパイロットは降機するなり倒れたというのか。

「音声通信で」

鷲頭は続けた。

「そいつが女子だとは分かっていた。あれだけのGに耐え、どんなプロレスラーみたいなやつかと思えば――華奢《きゃしゃ》な金髪の姉ちゃんだったそうだ」

「…………」

月刀は、演習中に交わされた音声通信を思い出す。

地下の要撃管制室で聞いた、戦闘中の交信。確かにコンドル・ワン――F22の一番機は女子のパイロットだった――アルトの声が『フォックス・トゥー』とコールするのが耳に残っている。

「秘密の謀議は、何を話しているんだろうな」

鷲頭は言った。

「F22は、高度な機動能力は持っているが、もともと格闘戦なんか想定していない。遠くから、探知される前に中距離ミサイルを放って、敵を殲滅《せんめつ》するのが本来の戦い方だ。コクピットは普通の造りだし、ヘルメット・マウント・ディスプレーは現場の『要らない』という意見で不採用にしたと聞いている。敵機と近接格闘戦に陥るような戦いは、最初から想定していない。それが」

「…………」

月刀は、思わず振り向いて鷲頭を仰ぎ見た。

大男は、腕組みをしたまま窓の外を見ている。

視線の先は、ラプターのさらに横の方に駐機するC17輸送機の巨体だ。

「それが」鷲頭はC17を顎で指した。「漆沢、鏡、風谷を相手に『格闘戦をやらせろ』と要求して、突然やって来た。ラプター乗りには似つかわしく無い、格闘戦好きの姉ちゃんがむきになって戦い、倒れる。演習が済めば、お偉いさんたちが府中からやって来て、あの中で秘密の謀議だ。ふん」

鷲頭は「ふん」と鼻を鳴らした。

「何が始まる」

東京　お台場
大八洲TV　報道部

スタジオを俯瞰《ふかん》する副調整室。

「八巻さん、大変です」

サブチーフ・ディレクターが駆け込んでくると、副調の壁にずらりと並んだモニターの一つを指した。

「見てください、あれです」

「?」

八巻は、副調の中央に立って、生放送のスタジオを眺めていた。

本番中の第一スタジオでは、八巻の出した『繋げ』という指示で、〈ドラマティック・ハイヌーン〉の司会者である局アナの宮嶋一郎がカメラに向かっている。

『――ここで、ベトナムの国連使節団の理事であるチャン・バー・ミンさんの、韓国大統領へ向けてなされた訴えを、もう一度再生して見てみましょう』

オンエアをモニターする画面には、三十代前半のアナウンサーの顔のアップ。

〈韓国軍、ベトナム戦争で大虐殺……!?〉というテロップは、画面の下側に出したままだ。

「おい」

八巻はスタジオに目を向けたまま、そばの映像技術者に言う。

「テロップが、甘い。『四万人を大虐殺!?』に訂正だ」

「は、はい」

「八巻さん」

「沢渡は、連絡ついたか?」

八巻は、スタジオから目を離さずに訊くが

「い、いえ」

サブチーフは、頭を振る。

大統領官邸を取材した沢渡記者に、じかにスタジオから質問をぶつけ、生の感想を答えさせるのが段取りだ。

そのために、視聴者からメールやツイッターで寄せられた質問や意見も、急ぎ集計させ用意している。

後は、現場の沢渡有里香に、音声だけでも繋がればよいのだが――

「八巻さん、とにかく、あれを見てください。CNNです」

「――？」

八巻は、サブチーフの指す方を見やった。

CNN……？

副調の一方の壁には、モニター画面が上下二列に並び、地上波・衛星を含め主要各局のオンエアをすべて映し出している。

その中にCNNもある。全世界へ向け、二十四時間ニュースを流し続けているアメリカの大手ケーブル・ネットワークだ。

「音声、出します」

サブチーフは、副調の制御卓にずらりと並ぶボリューム・ノブの一つを操作した。

「つい今しがた、流し始めました。〈KOREA〉という見出しと、背景の青瓦の建築に見覚えがあったから、あっちで音を出して聞いてみたのですが」

画面の左上に〈CNN〉のロゴが出ている。

下側のテロップは〈SEOUL　KOREA〉だ。

『――これは、韓国警察当局員とみられる一団にもぎ取られ、投げ棄てられた日本の取材クルーのVTRカメラに残されていた映像です』

スタジオで、カメラ目線で語るのは女性のキャスターだ。

英語の声がスピーカーに出る。

『ブルーハウスを取材していた私たちの取材スタッフが確保しました。彼らの安全のため、CNNの責任において内容を公開します』

「さっきから、繰り返して流しています。彼らの取材班のスクープです」

『もう一度、最初から見てみましょう。場所はブルーハウスと呼ばれる大統領官邸の裏庭の駐車場です』

「――!?」

八巻は、切り替わった映像に眼を剝いた。

揺れ動く画面。

いきなり耳に飛び込んだのは、野太い低い声だ。

黒服の男が、大写しで怒鳴る。

『大八洲ＴＶ取材班』

朝鮮語。

画面の下に、声を英語に訳したテロップが出る。

『お前たちを、大統領への名誉毀損の疑いで逮捕する』

「な」

何……!?


「道振カメラマンが、とっさに回していたのです」

サブチーフが画面を指す。

「カメラをもぎ取られ、投げ棄てられるまで、しっかり撮れています。連れ去られる時の音声もです。置き去られたカメラを、ＣＮＮのクルーが確保したらしい」

「…………」

まさか。

八巻は一瞬、声を失った。

沢渡が『逮捕』された……⁉

報道部 第一スタジオ

「沢渡記者とは、まだ繋がらないんですか」

宮嶋一郎は、司会のポジションに立ったまま、フロア・ディレクターに訊き質した。

「三〇秒で、今のVTRも切れますよ」

宮嶋は三十代の初め、チーフディレクターの八巻とは部門は違うが同期入社になる。形としては、同い年で報道番組のチーフを任されている八巻の下で、司会者として使われていることになる。

しかし宮嶋は『勉強になる』と思っている。八巻の指示のもと、局のアナウンサーとして正確なしゃべりを心がける一方、最近では『自らも取材に外へ出たい』と考えるようになった。

この番組は面白い――そう思うようになった原因は、日頃、野生のスピッツ（そんな動物がいるのかは別として）のような沢渡有里香の活躍を見せられていることが大きい。宮嶋は半ば嫉妬しながら、応援もしていた。

「訊きたい質問は、たくさんあるんだ。オンエアの時間がなくなっちまう」

だが、フロア・ディレクターの合図は『まだ引き伸ばせ』だ。

その間にも、資料担当の番組スタッフたちが次々に駆け寄り、視聴者から寄せられた〈質問〉のメモを届ける。

その中から、残り時間を睨みながらタイムリーに有意義な質問を選び、現場の沢渡有里香にぶつけ、回答や感想を引き出すのは宮嶋の手腕だ。腕の見せ所だ。

だが、ソウルにいるはずの沢渡有里香との回線は繋がらず、オンエアのモニター画面には先ほどの会見場でのやり取りが引き続き流されている。

『大統領』

画面の中、記者席から立ち上がったベトナム人の後ろ姿が、奥の演壇に立つ紅い魔女のような韓国大統領に対峙している。

ベトナム人はチャン・バー・ミンという、三十代の男だ。

柔らかい英語に、同時通訳が被せられている。

『我々は正確な資料を持って来た。先程、カン記者が「三万人」と言われたが。正確には四万一千四百五十名だ。これはベトナム政府が公式に認めた記録です。あなた方の韓国軍が、ベトナム戦争のさなかに、明らかに兵隊ではない非戦闘員の住民を虐殺した、その記録だ』

画面の中の記者席がざわつく。

『聞いてくれ』

記者席を見渡し、チャン・バー・ミンは続ける。

『大統領。韓国の皆さん。我々ベトナム人は戦争に勝った。そして、未来志向を貫いて、これまであなた方の国と民族を非難することは控えて来た。しかし、最近あなた方が世界中で行なっている所業を見るにつけ、ベトナム人として、あなた方に自分たちのしたことを理解してもらわなければならない、と考えるようになった』

場内がしん、と静まる。

自分に視線が集中するのを確認し、チャン・バー・ミンはうなずいた。

『我々はこれから、ベトナム戦争における韓国軍による住民虐殺について、世界中の人々に知らせていく』

だが

『ふん』

画面の奥のパク・キョンジュは鼻を鳴らした。

撮影する道振カメラマンの操作で、その顔が大きく、アップになる。

『お前たちは、そんな大嘘を吹聴して何がしたい』

（…………）

宮嶋は手元のメモに目をおとす。

視聴者からの意見や、質問だ。メールやツイッターで寄せられたものをプリントアウトしてある。

多くは『初めて知って驚いている』『そんなことが本当にあったのか』『四万人も虐殺されていて、なぜ日本の社会科や歴史の教科書には載っていないのか』という驚きの声。また『パク大統領はベトナムに対して謝罪と賠償をするべきだ』という意見。

宮嶋自身も、今日の会見の様子を目にして、声の調子が狂いそうになった。

ベトナム戦争での韓国軍による住民虐殺——？

そんなことがあったのか。

視聴者の多くが指摘する通り、宮嶋が習った学校の歴史教科書にも全く書かれていなかった。

いや、ベトナム戦争に韓国軍が出兵していたこと自体、日本の教科書では触れられていない。

韓国軍が非戦闘員の住民を四万人殺した……？　本当なのか。

「宮嶋」

ふいに横で声がしたので、宮嶋は我に返った。

いかん、本番中に考え事をした——

「宮嶋、沢渡は駄目だ」

「——!?」

宮嶋は目をしばたたいた。

いつの間に、副調から降りて来たのか。横にいたのは八巻だ。

通常なら、八巻はフロア・ディレクターを介して指示を出すか、あるいはスタジオの天井スピーカーから直接「こうしろ」と言って来る。

それが、自らの足で降りて来た。走って来たのだろう、声は低いが呼吸は速い。

「いいか」

周囲を素早く横目で見ながら、同い年のチーフ・ディレクターは小声の早口で告げた。

「沢渡は韓国警察に逮捕された」

「!?」

「まだ未確認だ」八巻はさらに声を低めた。「はっきりするまで、騒ぐわけには行かん。他のスタッフたちにもまだ言わない。混乱する」

「どうするんです」

「現場と繫がらないことだけ明らかにし、視聴者からの意見を紹介して、お前がコメントしろ」

「――――」

「いいな」

5

小松基地
体育館　屋内プール

「よいしょ」

衣類を抱えた腕で扉を押し、暖かい空気の中へ入って行くと。

カマボコ型の大天井に覆われた空間は、白いもやの中に水音が反響している。

パシャパシャッ、と速いリズムの音。

「――ったく、もう」

飛行服姿の漆沢美砂生は、タイルの上を歩いていくと、一抱えもある布の塊をスタート台の一つにどさりと置き、見回した。

どこにいる？　あいつ。

わたしに、持って来させるなんて……。

何を考えているんだ。

（だいたい今、〈作戦〉のミーティングがペンディングになっている最中に――）


反響する水音。

屋内プールは空《す》いていた。

しぶきが立っているのは、真ん中の二つのコースだけだ。

基地の体育館に併設される屋内プールは、ジムの施設と同様、混むのは早朝と夕方だ。

今は、日勤の隊員たちが泳ぎに来る時刻ではない。

(——着替えを、持って来い……?)

美砂生の耳に

——『下着も飛行服も二人分』

声が蘇る。

——『「忘れないで。下着も飛行服も二人分だ」って』

舌足らずな感じは、整備隊の栗栖友美《くりすゆみ》だ。

あの子が、突然頼みに来たのだ……。先ほど、人気のない幹部休憩室でパソコンの作業をしていたら、部屋をのぞきに来て、告げた。

「鏡二尉からなのですが」

「鏡?」

「はい」

女子整備員はうなずいた。

美砂生のことを、少し捜した、と言う。

先ほど、C17輸送機機内での『極秘』のミーティングが急に中断となった。アメリカ側のパイロットの一人（美砂生を『撃墜』したF22一番機のパイロットだ）が、その場で倒れたからだ。

演習中の格闘戦でのGの掛け過ぎが原因、という声を耳にした。その女子パイロットは基地の医務室へ運ばれ、意識が戻るまでミーティングは中断されるという。

美砂生は、飛行班長として、こなさなければならない事務作業をたくさん抱えている。中断だからと言って、ぼうっとしていられない。

でも飛行隊のオペレーションルームになど戻ってPCを開けたら、きっと色々な人たちが寄って来て演習の内容について根掘り葉掘り訊くだろう。仕事にならない。

そう思って、場所を物色した。人気のない幹部休憩室の喫茶コーナーを見つけ『よし、ここだ』とPCを開いた。

栗栖友美が自分を捜したなら、それは悪いと思った。

初めは、何か整備の業務に関する相談かと思ったのだ。飛行班長のところへは、様々な面倒ごとが持ち込まれる。

ところが『鏡二尉に頼まれて来ました』と言う。

「『漆沢一尉に頼んでくれ』と言われました」

「何を？」

「独身幹部宿舎から、着替えを持って来てほしいそうです」

「？」

初めは、意味が分からなかった。

訊くと、栗栖友美は、当番で体育館の女子ロッカーの片づけをしていたら黒羽に頼まれたという。

しかし

着替えを持ってこい……？

意味が分からない。

だいたい、どうして鏡黒羽が体育館に……？

「どういうこと」

「用具室の片づけをしていたら、頼まれたんです」

赤いキャップに作業服の栗栖友美は、手のひらに載せた小さな鍵を差し出す。

「これ、鏡二尉のお部屋の鍵だそうです」

「鍵——って」

「漆沢一尉に、頼んでくれって。部屋のクロゼットから下着類一式と飛行服を二人分、体育館の屋内プールまで持って来てくれ——だそうです」

「……プール？」

「はい」

女子整備員は、うなずく。

「『忘れないで。下着も飛行服も二人分だ』って」

美砂生は仕方なく、ノートパソコンを自分のロッカーにしまうと、飛行隊の自転車に乗って場周道路へ出た。

独身幹部宿舎の女子棟は、草のなびく基地の敷地の外れにある。幹部宿舎と言っても、外見も造りも古い二階建てアパートだ。パイロットだからと言って、住居に特別扱いは無く、一般の女子幹部と同じ仕様の部屋に住む（ただし女子棟は各室に風呂がついていて、恵まれている）。

「人にこんなこと頼んで、何なのよ」

カン、カンと鉄階段を上がりながら、つぶやいた。

わけが、わからない――

でも。

鏡黒羽。

黒目がちの猫のような目、浅黒い肌をした年下の女子パイロットの顔を、美砂生は思い浮かべる。

あいつが、わたしに頼みごとか……。

一時期は、ペアを組んで一緒に飛んでいた。

黒羽は、確か三つばかり年下で、美砂生が最初に小松へ赴任した時からの同僚だ。

向こうは航空学生の出身だから、若くても飛行経験は美砂生より多い。

初めは同じ三等空尉だったが、一般幹部候補生出身の美砂生がすぐに階級では上になった。しばらく女子同士で一緒にペアを組んだが、飛行経験は少なくても、美砂生が一番機を務めることが多かった。その後、美砂生は上級幹部となるための教育でいったん小松を離れ、留守中に黒羽は風谷修と組むようになったらしい。

考えてみると。

一時期は一緒に組んで飛びながら、黒羽の個人的なことについては、美砂生はほとんど何も知らない。

細いシルエットの女子パイロット。贅肉がなく、はしっこい印象で、実際にホット・スクランブルがかかって機体に飛び乗るときは、猫科の獣が駆けるように速い。

口数は少なく、低いアルトでぼそっ、と話す。

黒羽の個人的なことについてほとんど知らない、というのは、仕事以外の時間を共にしたことがないからだ。一緒に酒を呑んだこともない。呑めないのか、あるいは、そういった場へ出る気がまったく無いのか（ところが黒羽は風谷とは、二人で食事に行ったりしているらしい。それが意外と言うか複雑な気持ちと言うか、そのことについては今は考えないことにして）。

考えてみると、あいつ——鏡黒羽とは何年も同じ隊で飛びながら、頼みごとなんかされたことは無い。他人に何か頼んだりする性格ではない。

キィ
少しきしむ、古い扉を開ける。

部屋は、美砂生と同じ二階だ。入口横のプレートには『鏡黒羽　二尉』とあった。

まだ勤務時間だから、宿舎の建物は人気もなく、静かだ。

美砂生は、使った鍵をポケットに戻す。小さな黒猫のキーホルダーがついている。これは新しい――少し前の戦技競技会で、第六航空団が『優勝』をした記念に造られ、配られたものだ。黒猫はＡＡＭ３ミサイルに乗って、宙をサーフィンしている（第三〇七飛行隊のエンブレムだ）。

飛行ブーツを脱ぎ、室内に立つと。

（――――）

素っ気ない。

何だ、この部屋――

仮にも女子の部屋か……？

ひと言でいえば、素っ気ない。机にベッドだけ。自衛官でも女子であればやりそうな飾り付けや、マスコットの類も一切、置かれていない。

机の向かう壁面には、Ｆ15ＪのＭＳＩＰ改修機のコクピット・パネルが大きく張られている。本棚には革製バインダーのマニュアル類と、びっしり並んだノート。

「ええと。着るものは、どこ――あ痛っ」

見回しながら歩こうとして、何かに足をぶつけた。

床に、ダンベルが置いてある。

「何だよ、もう」

　ぶつけたつま先をさすっていると
「――?」

　何か、目に入った。

　一方の壁につけて、低いサイドボードがある。濃い色の木製だ。入室した時には、目に入らなかった。

　その上に写真がいくつか立ててある。白黒の写真もある――

（――?）

　何か、違和感を覚えた。

　いや。

　見覚えのあるものを、見た気がした。それを変に感じた。

（何だろう）

　でも、いくら鍵を渡されて頼まれたとはいえ。

　他人の部屋の、プライベートな品々を覗き見るのはどうなのか――?

「うぅん、でも」

　でも、飾ってあるのだ。別に、隠してあるものを見るんじゃない……。

「──これは……」

違和感の正体が、分かった。

サイドボード（独身自衛官の寮の部屋に置かれるにしては、物がいい。重厚な木製で高価そうだ）の上にあったいくつかの写真立て。

その一つに、見覚えがある。

「……これ、うちの久留米の？」

つぶやきかけ、言葉を呑みこむ。

しかし。

何だ、これは、うちの実家にある写真じゃないか……？

変色しかけた、古い白黒写真。

確かに、そうだ。

うちの仏壇に置いてある。

（お祖父《じい》ちゃんだ）

茶色がかった背景は、椰子《ヤシ》の木。そこに二人の男が立っている。

二人とも威勢よく腕組みをして、カメラを睨んでいる。右に立つのは長身で、歌舞伎役者のような切れ長・細面の男。左に立つのは、背は中背、浅黒い肌にまるで猫科の獣のような目をした、まだ少年の気配を残す男――おそらく若いのだろう。なぜなら、これは大東亜戦争のさなかに撮られた一枚だからだ。

二人の男は、革製の飛行服に飛行帽、色あせた写真でもなお鮮やかな、白いマフラーを首に巻いている。そして背後に、三翅のプロペラを止め、両脚を踏ん張るような姿勢でたたずむ機体は――

「――零戦か……」

美砂生は、右に立つ切れ長の目の男を知っている。

数年前に他界した、美砂生の祖父だ。漆沢雄一郎《ゆういちろう》という。

これは、その若い頃の姿だ。

他にも何葉か写真は立てられていたが、雄一郎の面影に注意を奪われ、美砂生の目には入らない。白黒の飛行機の写真が他にもある。丸っこい印象の流線型、固定脚の単発機は九六式艦上戦闘機だろう――

（どうして黒羽の部屋に、あたしのお祖父ちゃんの……）

美砂生は、ＣＳ課程で訓練中だったため、祖父の臨終に会えていない。

思わず、唇を噛んだ。

「……いけない」

着替えを、取りに来たのだ。

美砂生は目をしばたたくと、室内を見回した。

ええと、飛行服とインナーと、二人分……。

下に着るものは、サイドボードの引き出しだろう。飛行服は、クロゼットに吊してあるはず。

でも、どうして二人分なんだ……？

（……まさか）

パシャッ

目の前で水音がして、美砂生は我に返る。

（…………）

第五コースのスタート台に、衣類の山を置いていた。その真下まで水中をやって来た疾い影がくるっ、と回転して壁を蹴る。黒い流線型のようなものが、そのままコースを反対側へ進んで行く。

速いな。

まるでイルカ……。

美砂生は、また目をしばたたく。

あ、こっちも――

隣のコースも同様だ。黒い影がくるっ、と水中でターンすると、壁を蹴って行く。

4コースと5コース、二つの水中の影はほとんど変わらぬスピードで水面へ出ると、素早いクロールで向こうへ進む。

「――――」

美砂生は腕組みをする。

気楽だな……。

どうでもいいけどさ……黒羽は気楽でいい、航空学生出身で組織の統括者になる予定もないから、こうして暇が出来ると身体のコンディションの調整に使える。あたしは事務作業を山ほど――でも階級に応じた俸給が違うわけじゃない。飛行班長に支給される役職の手当は、月に五千円だ。

視界の中を、白いしぶきは戻って来る。黒い影は流れるように水を掻き、美砂生の足元の壁にタッチした。しぶきが止《や》む。水音と共に黒光りする競泳水着の上半身が現われた。白の水泳帽。

白い手がプールの縁を掴み、水着姿が立ち上がる……


「――ちょっと」

プールの縁に脚を揃え、立ち上がる水着姿に美砂生は言う。

「鏡二尉、あんた――」

何のつもり、と言いかけ、その息を呑みこんだ。

何だ。


水から上がった、細いシルエット。

黒いワンピースは、航空自衛隊の制式競泳水着だ。胸元に桜と鷲のワンポイント。

贅肉のない、よく見ると筋肉のついたすらりとした細身は、猫科の獣のようだ。背は高くも低くもない、向き合った美砂生と同じ――そして水泳帽の下から見返して来る切れ長の眼。

最初の瞬間、美砂生は目の前の水着姿を『黒羽だ』と疑わなかった。

しかし、切れ長の眼の瞳が蒼い……。

「………」

絶句すると。

隣の4コースでざばっ、と水音がして、もう一つの黒いシルエットが上がって来た。

（……あっ）

ほとんど、背丈は同じ。

脚を揃えて、立ち上がる。その水泳帽の下の眼は、瞳の色を除けば――

「――どういう」

「ハイ」

目の前の水着姿が、美砂生を呼んだ。

「ソーリィ、アバウト・ダット」

「え」

「アイム・グラッド・トゥ・シーユー、ファーストルテナン・ウルシザワ」

「えっ」

「アイ――」

言いながら、水泳帽を取る。

水滴を散らし、白に近い金髪――プラチナ・ブロンドと言うのか。鮮やかな髪の色がぱっ、と現われる。

美砂生は、目を見開いた。

（驚いた、水泳帽をかぶってたら、見分けがつかなかった）

こうして見ると、白人の女子だ。身体が細いから、シルエットが東洋人に見えた。黒い水着の胸が小さく上下している。まだ呼吸を整えている。最後の二五メートルはスパートをかけたのか。

「――アイム、ルテナン・ガブリエル・エリス。ファースト・タクティカル・スコードロン・オブ――」

「日本語で言え」

すぐ横で、黒羽が遮った。

「ここは日本だ。航空自衛隊の基地だ」

「オゥ」

蒼い目は苦笑して、肩をすくめた。

あらためて、腕を差し出して来た。

「ガブリエル・エリス中尉です。ファースト・タクティカル・スコードロン・オブ・US

エアフォース。先ほどのミーティングでは、あなた方に迷惑をかけた」

「に――」

日本語、出来るの。

目の前の水着姿は、確かにさっき、C17輸送機の機内ブリーフィング・ルームで見かけた横顔だ……。ただこの女子パイロットは着席していても、点滴をつけてぐったりしていたから、ミーティングの場では自己紹介し合っていない。直接に言葉を交わすのは初めてだ。

頭の中で、慌てて英語の挨拶を組み立てていた美砂生は、一呼吸遅れて手を差し伸べ、握り返す。

「どうも、あたしは漆沢美砂生一尉」

「クロハから聞いています。わたしのことはガブと呼んで」

「ガブ……?」

「みんな、そう呼ぶから。コールサインは使わない。恥ずかしいから」

すると

「こいつのTACネーム、『エンジェル』なんだ」

横で黒羽が苦笑する。

「自分のこと、そう言うか。普通」

すると

「わたしが付けたのではない、クロハ」

ガブリエル・エリスと名乗ったアメリカ軍中尉は、水着の黒い胸に手を当てた。

「教官が勝手につけた。訓練生の時」

小松基地　幹部食堂

「難しいな……やっぱり」

風谷修は、息をついた。

喫茶コーナーのテーブルに広げているのは、A4判ノートの紙面だ。

白い無地のノートの見開きに、シャープペンシルで曲線が描かれている。一本だけでなく、四本だ。

二本ずつペアになった線が、あるところで交差すると絡み合って、一本と一本は互いの後尾を取り合うように回り始める。別の一本同士は、片方が真上へまっすぐに昇り、もう片方は途中で追うのをやめ、斜め下へ離脱して行く。

「……ここで、四〇〇〇〇フィート超でバーチカル・リバース――背面のキープが、難しい」

風谷は思い出していた。

今日、演習で使ったのは、ペアの鏡黒羽と共に考えた〈技〉だ。

バーチカル・リバース。

空中で一瞬だが機を停止させ、敵のレーダーから姿を『消す』ことが出来る。

しかし高高度では、舵面《だめん》がほとんど効かない……。

ふらついたら、錐揉《きりも》みに入ってしまう。

ということは。

こうして機体を背面にして行く過程の、最初のエントリーをきれいにやらないといけない……。操縦桿《そうじゅうかん》を引き、背面にして行く時に少しでもどちらかに傾いていると、もう機体が裏返しになってからでは遅い。修正は効かない――

そうか。

風谷は心の中で呟きながら、まっすぐに昇った線がキュッ、と反転するところでシャーペンを止め、そこに注意書きを書き込んだ。

（コツは視野の両端で、左右の水平線の端を掴んで、目を離さぬように引く——ラダーは完全に中立だ、無意識にどちらかの脚に力が掛かっていては駄目だ……）

風谷は、眼を閉じると、ついさっきの空戦——日本海G空域で戦われた演習での機動を思い起こしながら、喫茶コーナーのテーブルの上で右手を動かした。手首の動き。微妙な左右へのプレッシャーの掛け方……。

（……そうだ）

脇をしめると、手首が余計に左右にぶれない。そうか、そうすれば——

「————」

風谷は眼を開くと、また白いノートの紙面に線を描いた。

思い出しながら、描く。

俺が背面になって、宙に止まった機体から眼を上げ、下方を俯瞰した時……。

（こいつは、ここにいた）

その時、相手にした〈敵機〉のいた位置と軌道を、白い紙面に描き出す。

俺が上方にいると分かって、こいつは反転していったん離脱し——俺はそれを追う。

キュッ

〈敵機〉は再び反転、二つの線は対向して、今度は互いにまっすぐ接近する。

人気のない、幹部食堂の喫茶コーナー。

風谷は、先ほどからずっと、テーブルに広げたノートを前にしていた。

演習の後、C17輸送機の機内ブリーフィング・ルームで行なわれていた〈作戦〉の説明——いったい何が〈作戦〉なのか、結局分からなかったのだが——が中断され、少し時間が出来た。

ガブリエル・エリス中尉が意識を回復するまで、待つと言う。

C17の機内で意識を失った金髪の女子パイロットを、医務室に運んだのは風谷だ。

ベッドに寝かせ、山澄《やまずみ》医師に診せると、生命に別状は無いと言う。

後は、待つしかない。鏡黒羽は「付き添う」と言った。半裸にして寝かせていたから、自分はいったん医務室を出ることにした。

少し、手持無沙汰になった。ならばこの時間を利用して、演習でのフライトを再現してみようと思った。

フライトの後で、起きたことをすべて思い出し、白い紙の上に航跡線と共に描く。

この作業は、黒羽がいつもやっているのを真似て、最近自分でもやるようになった。

特に今日は、F22と戦ったという『貴重な経験』だ。少しでも忘れぬうち、頭の中から紙の上に写し取っておこう——

これは勉強になる。

写し取る過程で、『何か』が分かる……。

黒羽はそう言っていた。

フライトで起きた様々な事象が、なぜ起きたのか。なぜそうなったのか。次の機会には、どうすればいいのか——

聞けば、鏡黒羽——風谷とペアを組む女子パイロットは、この『研究』を習慣にして、ずっと続けていると言う。

祖父が大戦中に帝国海軍のパイロットだったと言う。祖父が遺《のこ》したという古いノートを父親から譲り受け、その中に記されている方法の通りに、黒羽はフライトの研究をしているのだった。

あいつは……。

素質も、凄いけれど。普段からこんなに努力をしているのか。

真似て、やってみると、思いもしないような気付きがある。面白いと思った。

（敵の二番機の来る方向と、積乱雲の位置……こうだったかな）

思い出して、描くことを続ける。

今日の演習での戦闘。自分は、Ｆ22の二番機と対向戦になり、互いに向き合った態勢から熱線追尾ミサイルを撃ち合った（発射はほぼ同時だった）。

風谷の乗るＦ15Ｊ・ＭＳＩＰ改修機の装備する熱線追尾ミサイルは国産ＡＡＭ３、対するＦ22ラプターの使用するミサイルはＡＩＭ９Ｘ、サイドワインダーの最新型だ。どちらも性能は同等で有効射程三マイル、正面に向き合った態勢からも発射出来る。

互いに向き合った態勢から同時に発射すれば、同士うちになる。ＡＡＭ３もＡＩＭ９Ｘも弾頭シーカーが優秀で、欺瞞《ぎまん》熱源に騙《だま》されないから今回はフレアを放出しても無効、という前提での演習だった。風谷も、ラプター二番機もフレアは放出したが、どちらも『無効』と判定され、数秒で両者相撃ちになるところだった。

だが次の瞬間、風谷はとっさに左横にそそり立つ積乱雲の白い絶壁にバレルロールで横向きに突っ込み、相手ミサイルの赤外線シーカーから身を隠すのに成功した。勝負は風谷が勝った。

偶然だが、今回は自然条件を味方につけることが出来た。

とっさの判断だったが……。

（…………）

そうか。

思わず、目をしばたたいた。

こういう要素、研究をすれば、もっと効果的に使えるんじゃないか……？

風谷は思った。

Ａ４の見開きのページを眺めた。

雲か。

自分が偶然に『利用』した積乱雲。その位置を描き込んでみる。

ここだ……。積乱雲は空に浮かぶ雪山のように、もっとたくさんあった。どこにあったか――

（どこだったかな）

手が迷った。

「――駄目か」

思い出して書こうとしても、出て来ない。

（……くそっ）

心の中で、舌打ちした時。

「ルテナン・カゼタニ」

声がした。

6

小松基地
幹部食堂　喫茶コーナー

「ヒア・ユー・アー」

こちらでしたか。

そう言われたのか……？

（――？）

眼を上げる前に、誰なのかは分かる。

今、ノートに描いていた。

対戦したばかりの、当のＦ22二番機のパイロットだ。

ポール・フレール少尉は銀髪に蒼い目だ。テーブルの前へ来ると、敬礼した。

「ご苦労」

風谷も立ち上がり、答礼する。

ご苦労、というのを英語でどう言えばいいのか分からず、思わず日本語で応えた。

フレール少尉は、白人にしては長身でなく、向き合っても見上げる必要がない。

風谷が上官だ。うなずいて、先に敬礼を解く。

蒼い目の少尉も手を下ろす。

「アイム・ルッキング・フォー・ユー、ルテナン」

風谷を見て、言った。

あなたを探していました――そう言ったのか。

「そうか、済まない」

思わず、また日本語で応えてしまうが。

ニュアンスは伝わるようだ。

少尉はうなずいて、続ける。

「アァ、アイ・ウォント・トゥ・トーク・ウィズ・ユー――」

話があります――と言うのか。

なぜか、少しおずおずした感じ。

気のせいだろうか……？

「――メイ・アイ？」

白人の少尉は、テーブルを指した。

座ってもいいですか、と訊いたのか。

「あぁ、いいよ。テイク・ア・シット」


喫茶コーナーに、ほかに人気は無い。

お互い飛行服で、風谷はアメリカ空軍少尉と差し向かいに着席した。

あらためて、その容貌《ようぼう》を見る。

ついさっき、G空域で、一対一で格闘した相手――

(何か、優しげな男だな)

ポール・フレールは細面で、繊細な感じだ。年齢も、風谷より少し下だろう。

F22ラプターのパイロットにはインテリが多い――そんな話を聞いた。

アメリカ軍に昔からいる、力でねじ伏せるタイプの、いわゆるマッチョ・パイロットは

Ｆ22には乗っていない……。緻密に計画し、作戦を遂行する秀才タイプの搭乗者が多いと言う。航空自衛隊でいえば、飛行開発実験団に所属しているような人たちだ。

フレール少尉もそんな感じ——理科系の大学院まで終えているのではないだろうか、と風谷は思った。

「オゥ」

ポール・フレールは、風谷がテーブルに広げているノートに眼をやり、感じ入ったような表情をした。

「アイ・シンク、ジャパニーズ・パイロッツ、リアリィ・ハードワーカーズ」

「他人に見せるような作業じゃない」

風谷は、また思わず日本語で言う。あまり高度な表現が英語で出来ない。頭の中で作文し、「ええと」と言葉を選びながら英語で繰り返した。

「俺は、これを習慣にしているんだ」

「今日の空戦の解析ですね、二尉」

「そうだ」

風谷はうなずきながら、先ほどの医務室でのことを思い出す。

C17の機内で倒れたガブリエル・エリスを担架に載せ、基地の医務室まで運んだのは風谷とフレール少尉だ。アメリカ軍の下士官たちが「自分たちがやります」と申し出るのを、断って運んだ。もしも一刻を争うような容体であったら、基地に不案内な者に任せるよりも自分たちで運んだほうがいい。

医務室で山澄医師に診せるのは、今日の中で二度目だった。

空戦で、いったい何Gかけたのか――？

鋭く訊かれた。

山澄玲子《れいこ》の言を借りれば、金髪のほっそりした体型の女子パイロットは、F1レースで何度もスピンしてクラッシュしたドライバーが、日頃の鍛錬が功を奏して奇跡的に鞭《むち》うちにならずに済んでいる――そんな状態だと言う。

今日一日のGのかけ過ぎだけで、こうなるとは思えない。こんな状態なのに、無理して飛んでいる。

エリス中尉は、なぜこんなむちゃな飛び方を繰り返すのか――？

ベッドに寝かせながら、山澄玲子が繰り返して訊くと。

フレール少尉はぼそりと言った。『あんなひどい目に遭ったのです。無理もないが』

サッチ・ア・テリブル・シチュエーション、という英語に、風谷は訊き返した。

「ひどい目とは、どういうことなんだ？」

しかし
「――オゥ」

ポール・フレールは、医務室の中に鏡黒羽と山澄玲子がいるのにあらためて気づいたように、頭を振った。

「すみません。ここでは話せない」


二機のF22は、訓練のためにここへ――小松基地へ飛来したのではなかったのか。

だが演習が終われば、アメリカ空軍の参謀と空幕の幕僚、それに政府の官僚らしき人物まで合流し、風谷たちパイロットに対して『これから〈作戦〉の説明をする』と言う。

〈作戦〉とは、何なのか。

エリス中尉とフレール少尉の遭遇した『ひどい目』とは、何だったのか。

しかしポール・フレールは「すみません」とだけ繰り返し、医務室を出て行ってしまったのだった。

「フレール少尉」

風谷は、さしむかいに座った銀髪のパイロットに訊いた。

「君は、さっきは話してくれなかったな」

「それについては、申し訳なく思います」

蒼い目の少尉は、風谷を見返した。

「――ただ、さっきは……」

「？」

「正直に言います、二尉。〈作戦〉の内容については、いずれエリス中尉の意識が戻ればブリーフィングが再開されるので、あなたにも話されることです。その背景も含めて」

少尉は「バックグラウンド・シチュエーション」という言葉を使った。

背景――

「背景って――」風谷は、頭の中で作文をしながら訊き返す。「それはさっき、途中まで説明された、ファイアリー・クロス礁を空爆しようとしたベトナム編隊が全滅させられたという情況のことか？」

「そうです。あるテロリストが、単独でそれをやった」

「――？」

風谷は、思わず少尉を見返す。

テロリスト……？

今、そう言ったのか。

「なんのことだ」

「本当は、さっき医務室で話しても良かったのです。いずれ、あなた方には明らかにされる。しかし」

少尉は眼を伏せると、自分の左右の手のひらを開いて見た。

「僕は、思い出して話そうとすると、震えが来るんです」

「……？」

「美しい女性が二人も見ている前で、錯乱するところを見られたくなかった」

（……え？）

ツー・ビューティフル・レイディズ、ルッキング・アット・ミー……？

今、そう言ったか。

「………」

風谷は一瞬、目を丸くする。

ビューティフル・レイディ──って。

山澄先生は、あんなふうに男みたいだし、鏡黒羽は毎日フライト前後のブリーフィングで息がかかるほど近くで顔を合わせているが『美人だ』とか思ったことが一度もない。

だが

「わかるでしょう、風谷二尉」

「え」

「僕だって、男ですよ」

フレール少尉は自分の胸に手を当て、言葉を続けた。

「あなたに対してもです。これから、共に〈作戦〉に参加するのに『頼りない』とは思われたくない。でも、正直に言いますが」

「?」

「あの瞬間を思い出すと、今でも震えが来る――」

少尉は「アット・ダット・モーメント」と口にしかけ、また目を伏せた。

何だろう。

何かを、思い出す表情。

「――あの晩、南シナ海上空でのことです。ベトナム編隊を襲った〈奴〉は、航空路の旅客機を次々に盾にした」

「……？」

風谷は見返す。

〈奴〉……？

何のことだ？

「中距離ミサイルは、照準出来なかった。間違えて旅客機を撃ってしまう。短距離ミサイルも駄目だった、〈奴〉は僕が照準しようとすると、旅客機の真後ろに入り込んで熱源をだぶらせてしまう。追いついて、機関砲でやるしかない……。もう、空域に僕しか残っていなかった。ネルソン少佐もクレーン大尉も、エリス中尉もやられていた。残った僕は〈奴〉を追って、暗闇の高空をアフターバーナー全開で旋回した。そうしたら目の前に」

うっ、と少尉は言葉を詰まらせた。

蒼い目を見開き、何かを見据えるようだ――

「ウゥッ」

（これは……？）

風谷はハッ、と気づく。

ひょっとして。

何かを思い出して、その〈恐怖〉に身体が反応してしまう――？

これは。

少し前の俺じゃないか……？

「少尉、しっかりしろ」

風谷は立ち上がると、両手で銀髪の少尉の両肩を摑んでいた。

思わず、力を入れて摑んだ。

「大丈夫だ、そいつは今この瞬間、君を撃てない」

「――ウ……」

「しっかりしろ」

風谷は振り向くと、喫茶コーナーの中を眼で捜した。

給茶器がある。

急いで冷たい麦茶をコップに注ぐと、フレール少尉に手渡そうとした。

（……!?）

本当に、手が震えている。

(PTSDか)

フラッシュバックが、来ているのか……?

「持て。呑むんだ」

無理やりにコップを握らせ、飲むように促した。

東京　お台場
大八洲TV　報道部

「うちのソウル支局に、すぐ繋いでくれ」

八巻貴司は報道部オフィスへ戻るなり、制作を担当する女性スタッフに指示した。

「支局長を呼び出せ。すぐだ」

「――えっ」

デスクでパソコンに向かっていた女性スタッフは、顔を上げる。

「ソウル支局、ですか?」

〈ドラマティック・ハイヌーン〉は、エンディングに入るところだったが。

現場での番組の締めくくりは宮嶋一郎に任せ、八巻は独りでオフィスへ駆け戻った。
今のところ、ソウルでの出来事を伝えているのは、アメリカのＣＮＮ一局だけだ。
しかし――
「沢渡が、捕まったらしい」
混乱を招くので、あまり大声を出したくない。
努めて声を低くした。
「向こうが出たら、『ＣＮＮを見ろ』とだけ言ってくれ」
「え」
眼を丸くする女性スタッフを横に、八巻は懐から自分の携帯を取り出す。
二つ折りになった電話を開く。
社用に貸与されたものではない、ずっと前から使っている個人所有の古い携帯だ。
（――こんな時、一番頼りになるのは）
心の中で呟きながら、指で電話帳の画面を出し、繰った。
そうだ。
あの男しか、いない……。
番号の一つを選び、押す。

女性スタッフは受話器を取りながら「チーフ?」と訊く。

「捕まった——って……」

「詳しいことは、まだ定かでない」

八巻は、携帯を耳に当てながら早口で繰り返す。

「だが、すぐに対処はしないと——支局長には『CNNを見ろ』だけでいい。頼む」


事態は、まだ確定していない。

スタジオからオフィスへ戻る途中、八巻は副調整室に詰めるスタッフに、KBSを始めとする韓国の各TV局の衛星放送もすべてモニターし、沢渡有里香と道振が『逮捕』されたらしい出来事について報じていないか、監視するよう指示して来た。

韓国の警察当局からの発表はされていないか。

見たら、すぐ知らせるよう指示した。

(今のところ、まだオフィシャルな発表は無い……)

耳に、呼出音が聞こえ始める。

「——」

八巻は唾を呑みこむ。

ＣＮＮは、今のところ『日本のＴＶ局の報道記者とカメラマンが連れ去られた』という事象だけ流している。韓国の警察当局への取材は、まだされていない。速報の段階だ。連れ去ったのが、警察だったのかも確かではない。

当局の発表が、まだ無いからだ。

アメリカ発のケーブルニュース・ネットワークで映し出されたのは、揺れ動く画面と、『大八洲ＴＶ取材班、お前たちを大統領への名誉毀損の疑いで逮捕する』という朝鮮語のフレーズ。

それだけだ。

拾われたカメラの映像には、沢渡有里香と道振カメラマンが拘束される場面が、じかに映っていたわけではない。

今、確かに言えるのは、沢渡にも道振にも連絡が取れず、ＣＮＮでは二人が捕まったらしい状況を知らせる断片的な映像と音声が流されている。それだけだが。

ぼうっ、としているわけにはいかない。

（―――）

呼出音を聞きながら、八巻は報道部オフィスを見回す。

一方の壁のモニターには、オンエア中のスタジオの映像が出ている。

『続いて、これも視聴者の方からの声です』

宮嶋一郎のアップ。

報道部へは、今日のソウルでの会見の中継を見た視聴者から多数の反響が来ている。

メールやツイッターで寄せられた視聴者の生の声を紹介しながら、番組の締めくくりにかかっている。

『神奈川県のAさんからのツイッターです。「ベトナムの使節団は、ソウルでの集会の後、ニューヨークの国連本部へ事実を訴えに向かうとのことですが。韓国には退役軍人の人たちの団体もあると聞きます。集会は、無事に開けるのでしょうか」続きまして』

小松基地　司令部
防衛部長室

『――こちらは埼玉県の大学生・Hさんからのメールです。「僕は、学校の授業で一度も習ったことのない韓国軍のベトナム戦争従軍と、ベトナム人大虐殺の事実を知って、とても驚いています。同時に心配にもなりました」』

「――」

「――」


第六航空団の防衛部長室。

ここは、小松基地の実務を仕切る場所だ。

窓に、司令部前の駐機場を見下ろせる。窓を背にして執務机と、応接セットがある。

外部から所用で訪問する人にとっては、まずここで防衛部長の日比野《ひびの》二佐に会い、基地の組織内での調整を頼まないと仕事がスムーズに進まない。

防衛部長は航空団の要と言えるが。そんな役職を背負ってしまうと、胸にウイングマークをつけてはいても、パイロットとして飛べるのは『月に一度』だ。

部長室の応接セットは飾りではなく、革張りソファが二年で擦り切れるので、その度に予算を計上して買い替えている。

（全く、突然に）

日比野克明《かつあき》二佐は思った。

今、そのTVつき応接セットに、先ほどヘリで慌ただしく飛来した航空総隊の幕僚二名と、内閣府の官僚だというダークスーツの男が掛けている。

アメリカ軍と共同で実施するという〈作戦〉……。

そのブリーフィングが、ラプターのパイロットの片方が急に倒れたことで、中断になっている。

（大ごとを持ちこんでくれる……）

普段から、ただでさえ忙しい。処理しなければならない雑務は山ほどある。

日比野は、それでも、急に押しかけて来た幕僚と官僚を執務室へ招いて、茶を出して休憩してもらうことにした。

余所者《よそもの》のいる場所は、基地内には無いし……。

幕僚の二人は、共に一佐の階級章だ。防大ではそれぞれ日比野より十年先輩、八年先輩に当たる。顔見知りというほどではないが、名は知っている。総隊司令部の国枝貞夫《くにえださだお》監理部長、同じく矢島準一《やじまじゅんいち》運用課長だ。出世コースにある先輩として有名だが、日比野が挨拶をしても名刺はくれなかった。

監理部長も運用課長も、それぞれ数名ずつ、お付きの秘書役のような部下を連れていたが、それらには別に会議室を用意し、〈作戦〉のブリーフィングが再開されるまで待機してもらうことにした。

二人の一佐は、姿勢を正し、無表情でソファの横のTVを見ている。世間話を向けても乗って来ないので、息が詰まりそうになった日比野が「ちょうど午後のニュースをやっています」と言って、つけたのだった。

『「何が心配かというと、ほかでもありません」』

画面では、ニュース番組の司会者がアップになり、視聴者からのメールを読み上げている。

『「ベトナムの使節団は、この後、ニューヨークの国連本部の総会に出席するため特別機で向かうとのことですが、彼らは無事に韓国を出られるのでしょうか」――ええ、これはもっともな心配かも知れません』

「――」

「――」

『視聴者のみなさん。歴史の真実を、世界に訴えるためニューヨークへと向かうベトナム使節団が、無事に現地へ到着し、演説を成功させられるかどうか』

「――」

「――」

応接セットのソファには、無言で画面を睨む二人の一佐のほか、ダークスーツの官僚がいる。こちらは若い。日比野より少し年下だろう。髪を短く刈り込み、鋭い目に縁なしの眼鏡をかけた長身の男。

二人の一佐は、この若い官僚には気を使う立場らしい。縁なし眼鏡の官僚の男は「基地に知り合いがいる」と告げて、しばらく中座をした。その後、部長室へ戻って来た際、二人は自分たちより一回り年下の官僚に対して立ち上がり、敬礼はせぬが軽く一礼した。

官僚の男は、日比野に名刺をくれた。

夏威総一郎――

そうか、と思った。

キャリア官僚は、自衛隊の一佐以下の人員に対して人事権を持っているから、自衛隊の上級幹部はおしなべて官僚に気を使うが。

それだけではない。夏威総一郎といえば数か月前の〈ふゆしま事件〉で、単身、中国のテロリスト集団に抵抗し、尖閣諸島を中国による武力占拠から救った人物だ……。事件の経緯は機密にされ、国民へ公開されてはいないが、小松基地の司令部へは夏威から直接に緊急連絡がされたことで、日比野はその名を知っている。

この人が、そうだったか。

しかし、もらった名刺に肩書きはなく、本人から『国家安全保障局です』と知らされた。

〈ふゆしま事件〉では外務官僚だったはずだが、異動をしたのか。

『――ベトナム使節団の特別機が、無事にソウルを離陸し、ニューヨークへ到着出来るかどうか』

TVの司会者が、番組を締めくくろうとする。

『彼らが無事に飛んで行けるよう、私も祈りたいと思います。途中で、万一のことが無いように』

その声に
ぴくっ
幕僚の片方の矢島運用課長が、片目を引きつらせた。

「もういい」

矢島運用課長は、色白で秀才タイプの幹部だが、いらだたしげに口を開いた。

「タイムリーなニュースだったが、もういい日比野二佐、消してくれ」

「は、はい」

日比野はリモコンを取りあげると、応接セットのTVをオフにした。

すると

「うぅむ――」

それまで黙っていた国枝監理部長も唸るように息をつき、卓上の茶を取りあげて、一口呑んだ。

「――夏威戦略班長、よろしいですか」

前を見たまま、武骨な顔つきの国枝監理部長は言う。

横の方に座っている官僚に向かって言うのだが、ぎょろりとした目は、そちらへは向けない。

「はい」

縁なし眼鏡の官僚はうなずく。

「ご意見はどうぞ――あぁ、ちょっと失礼」

夏威総一郎は、上着の内ポケットで震動していたスマートフォンを取り出すと、切れ長の目で画面を一瞥《いちべつ》した。

「――ほう」

その目を、細める。

「中座して、話させて頂くところだが――〈関係者〉のようだ」

「?」

「……?」

管理部長と運用課長が、けげんな顔をするが。

若い官僚は「よろしいか」と見回す。

振動するスマートフォンを、挙げて見せる。黒い画面に名が出ている。

「このコールは、たった今流れていたニュース番組のチーフ・ディレクターからです。実は彼とは知り合いでしてね。ある事件をきっかけに、つき合いが出来た。現地ソウルの様子を、詳しく聞けるかも知れません」

夏威総一郎は、言いながらスマートフォンを応接セットの卓上に置いた。

「お聞かせします」

画面を指で叩き、スピーカー通話の設定にすると、通話を繋いだ。

第Ⅱ章　作戦〈ガーディアン・エンジェル〉

1

小松基地
司令部防衛部長室

『夏威課長補佐でしょうか。大八洲ＴＶ報道部の八巻です』
通話が繫がると、卓上に置かれた携帯から男の声がした。
三十代か。
せわしない声だ。
何か、急いでいるのか――？
（――）
日比野克明は、応接ソファの末席から、卓上のスマートフォンを見やった。
声は続ける。
『ご無沙汰しております』
「こちらこそ」

ソファの中央の席から、夏威総一郎が鋭い目で応える。

「〈タイタン事件〉の節は、お世話になりました」

・

日比野が部長室に招いた一人、国家安全保障局の夏威総一郎。

若い官僚だが、総隊司令部の幕僚たちにも一目置かれるらしい（国枝監理部長はこの男を「戦略班長」と呼んだ）。

夏威は自分の携帯へかかって来た着信を、応接セットにいる皆に聞かせる、と言う。

スマートフォンの画面に表示された『八巻貴司』という名。それは民放の大八洲ＴＶの報道ディレクターだという。

（ある事件をきっかけに、知り合いになった……？）

日比野は、夏威の口から確かにそう聞いた。


〈タイタン事件〉――

そうか、と思った。

日本海・竹島の上空で、スターボウ航空の巨大エアバス機が操縦不能となり、韓国空軍に襲われた事件……。

これも国防機密とされ、一般の国民には事件の顛末《てんまつ》は知らされていない。

夏威総一郎は、その事件にもかかわっていたのか。

しかし民放TV局の報道ディレクターに、その事件に関して『世話になった』とは、どういうことだろう……？

後で、隙を見て質問するしかない――

「今、中継を見ていました」

夏威は卓上の携帯へ向けて言う。

感情の起伏を感じさせない、クールな声。

「この問題を、NHKなど他の局がすべて無視する中、よく報道して下さった」

韓国軍のベトナム戦争での所業について、日本のマスコミ各社が何故《なぜ》かすべて無視する中、よくぞ報道した――

それは日比野も同感だったし、二人の幕僚も同じ感想なのだろう、国枝監理部長も矢島運用課長も座ったまま小さくうなずいた。

『いえ、恐縮です』

電話の向こうの声は応える。

『報道人として、当たり前のことをしたまでです』

「ベトナム戦争での大虐殺の問題は」

　夏威は続けて訊く。

「最近、にわかにクローズアップされているが——ソウルの様子はどうですか」

『実は、それに関してなのですが』

　男——八巻ディレクターは早口に、声を低めた。

『突然に電話させて頂いたのは、単刀直入に言うと、助けて頂きたいからです』

「助ける？」

『そうです。実はうちの沢渡記者が、会見の中継をした後、韓国の警察当局に身柄を拘束されました』

「——何」

　夏威は、目を見開く。

「拘束……!?」

『ご覧になられた通り、沢渡は会見でパク・キョンジュ大統領へ果敢に質問をしました。それがよくなかったらしい、会見の終了直後、青瓦台の裏庭の駐車場で警察とみられる一団に「大統領に対する名誉毀損の疑い」という言いがかりをつけられ、逮捕されてしまいました』

「…………」

「…………」

『夏威課長補佐、聞いておられますか？』

「あ、あぁ。済まない」

夏威は頭を振る。

日比野も、二人の幕僚も一瞬、息を吞んで卓上の携帯を見ていた。

たった今、ニュース番組の画面で見た会見——

ソウルの青瓦台で、韓国の『美人大統領』へ果敢に質問した大八洲ＴＶの女性記者は、小柄な後姿しか見えなかったが、強い印象だ。

その記者が、会見の後で『逮捕』されたと言うのか……!?

「聞いています。大変な事態だ」

『まだ速報の段階で、向こうの当局の発表も無いのですが。先進国で外国の報道記者を、それも名誉毀損で逮捕など、聞いたこともありません』

「その通りだ」

『これは、外務省に早速お知らせし、相談に乗って頂きたいと。沢渡と道振カメラマンを何とかして救出したいのです』

「分かりました」

「実は」

夏威は一呼吸置くと、続けた。

「私はすでに外務省を離れている。しかしアジア大洋州局には、私の頼みを聞いて動いてくれる後輩がいます。ただちに事実関係を調べさせ、日本政府として対処しましょう」

『ありがとうございます』

「八巻さん、そちらでも沢渡記者の居所など、情報がつかめたら私に知らせてください。私が窓口になる」

夏威は縁なしの眼鏡を光らせ、強調した。

「沢渡記者には、これまでも世話に――いや、あなたのおっしゃる通り、彼女は日本国民を代表して韓国大統領へ果敢に質問をぶつけてくれた。何としても助けたい」

通話が終わると。

若い官僚は、応接セットの幕僚二人と、日比野を見回した。

「お聞きの通りです。ソウルの――韓国の情況は、はからずも今の通報で明らかになりました。あの大統領は追い詰められている」

「――」

「――」

「韓国は今、経済の先行きが見えない。GDPの七割以上を稼いでいる財閥企業が次々に経営破綻している。最大の輸出先の中国の景気が減速しているからです。一方、最近では最大手のメーカーのスマートフォンが世界中で相次いで発火トラブルを起こし、その携帯を持っている人は現在、航空会社に搭乗を拒否されて旅客機にも乗れません。メーカーがリコールをしても、発火の原因が分からない。もともと先進国の技術をコピーばかりして来たから、自分たちで原因究明が出来るだけの技術力が無いのです。世界中に、そのことが知られ始めた。

この情況でベトナム使節団が国連総会で演説し、ベトナム戦争での〈四万人大虐殺〉が世界に知られれば、どうなるか……？　おそらく世界の人々は韓国の製品を買わなくなる。経済の八割を輸出に頼っている韓国はおしまいです」

「――」

「――」

「悪口を言われる可能性のあるマスコミの記者を逮捕させるなど、相当に焦っている証拠です。韓国大統領が、いま取れる道は二つしかありません。このままなすすべなく経済の破綻を見守り、国際通貨基金に国家のデフォルト（破産）を宣告され、再びＩＭＦ管理下に入るか。あるいは、国を救うためにベトナムの使節団をニューヨークへ行かせないようにするか、です」

黙って聞いている二人の幕僚のうち、矢島運用課長の片目がまたぴくっ、と引きつった。国枝監理部長は、腕組みをして無表情だ。

「しかし」

夏威は続ける。

「ベトナム使節団を皆殺しにしようとしても、韓国国内にいる間はマスコミも張り付いている。大統領が韓国の諜報機関に命じて、集会場やホテルに爆弾を仕掛けて爆破しても、人数が多いから必ず何人かは生き残る。一般市民に巻き添えも出ます。世界中のマスコミに注目され、生き残ったメンバーが国連に辿《たど》り着いて演説をすれば、かえって逆効果だ。かといって使節団のチャーター機に爆弾を仕掛けようとしても、そこはベトナム側も気をつけているから、金属探知機による爆発物のチェックは厳重に行なうでしょう。機体に爆弾が仕掛けられるとは思えない」

そうか、と日比野は思った。

韓国は今、そういう情況か――

（――――）

自分たち自衛官は、普段から政治的なことは口にしないように気をつけている。

自衛官の使命は、憲法と自衛隊法に従って、国と国民を護る任務を果たすことだ。

政治は、文民が考える。

自分たちは命令があれば、法に従った行動をするだけだ。だがいつもそう思っていると、

政治的なことを考えなくなってしまう。

国家安全保障局の夏威総一郎に、韓国をめぐる情況について話をされると、『そうか』

と思うけれど。

なぜか日比野は、いらいらして来る。

何だろうか、この感覚は――

そうだ。

いらいらしてしまう理由。

(——政治情勢が分かったところで)

日比野は思う。

俺たちに、何が出来るだろう……？　俺たちは法に従い、それもポジティブ・リストに書かれている行動だけしか、実際には出来ない……。

「中国が」

夏威の言葉で、日比野は我に返る。

「中国が、この情況に目を付けた」

夏威は続ける。

「我々NSCが、アメリカから得た情報によると。中国共産党は韓国大統領のもとへエージェントを送りました。そして、こう持ちかけた。『今、アメリカが進めているTHAADミサイルシステムの韓国への配備を、あなたが拒否してくれるなら。我々は凄腕のテロリストを使い、ベトナム使節団のチャーター機を空中から消してご覧に入れる』」

「——」

「——」

「中国は、実は、いま朝鮮半島にアメリカ軍が配備しようとしているTHAAD《サード》すなわち終末高高度防衛ミサイルシステムを極度に嫌がっている。ＴＨＡＡＤは、北朝鮮のミサイルに対抗して、これを撃ちおとすのが目的だが、そのレーダーシステムは軽く北京までをカバーしてしまう。家の中までアメリカに覗かれる感じです。絶対に配備させたくない。中国共産党としても、今回の件は韓国大統領にＴＨＡＡＤ配備を拒否させる絶好のチャンスです。

使節団のチャーター機は無事にソウルを離陸するが、ニューヨークには辿り着けない。洋上で何者かに襲われ、空中から消える――実行するのは、〈奴〉です」

「アメリカは」

矢島運用課長が、口を開いた。

「私は政治的なことは口にしたくないが、アメリカの意図は見えてしまう。それが、私はどうかと思うのだ。彼らは、今回の〈作戦〉でベトナム使節団のチャーター機を護衛し、テロリストから護ってやることでベトナムに恩を売り、南シナ海で自分たちの代わりに中国に対抗させるつもりだ。アメリカのアジアでの軍事プレゼンスは、最近目に見えて低下していますからね」

「いや、それもあるが」

夏威は頭を振る。

「少し違います」

小松基地　司令部棟一階
第三〇七飛行隊　オペレーションルーム

「月刀」

月刀慧が休憩室から飛行隊オペレーションルームへ戻り、自分のパソコンを開いて事務作業を始めていると、背後から声がした。

振り向かなくても分かる。

火浦暁一郎の声だ。

「月刀、ちょっといいか」

「何です」

先ほど幹部休憩室で、月刀は鷲頭三郎と久しぶりに会話した。

そして久しぶりに、あの腹の底からカッ、となるような感覚も味わった。

癒《い》えていない……。

そう思った。

飛行隊のオペレーションルームへ戻り、雑務をこなすためにパソコンを開きながら、あらためて認識した。

自分には、心の奥底に、実は触れられると跳び上がるような傷口がある……。

鷲頭と口をきくと、それが依然として癒えていない、いや癒えるはずも無いことを思い知らされる。だから、傷口に遠慮なく触られるような物言いをされると、カッとなってしまう――

(――若菜《わかな》)

PCの画面を見ながら、心の中でつぶやいていた。

若菜。

酒、呑むなよ……。

昔、高知県の高校に通っていた頃に仲の良かった一人の少女。

その面影が脳裏に浮かびかけたとき、背中から呼ばれた。

「月刀、ちょっといいか」

「何です」

振り向くと。

火浦暁一郎が立っている。

「あのラプターのパイロットだが」

飛行服姿の火浦は歩み寄って来て、月刀のデスク越しに、広い窓から司令部前エプロンを見やった。

「今、回復したそうだ。アメリカ軍側から通知が来た」

「例の女子パイロットですか。倒れたっていう――」

「そうだ、あの金髪の子だ」

「俺は、顔は見てないけど」

「鏡が、ケアしてくれていた。体調も回復したらしい。メンバーが揃ったので、〈作戦〉のブリーフィングが再開される。それでな」

「？」

「お前も呼ばれた」

「――俺も、ですか」

月刀は顔を上げ、自分を指すが。

驚きはしない。

（そうか）

先ほど幹部食堂で会った夏威総一郎が、そう言えば口にした。『お前もメンバーに加えさせる』──

アメリカが持ちかけて来た、〈作戦〉……。

「というわけで、その作業はきりのいいところで中断して、一緒に来てくれ。あの中──表のC17の機内ブリーフィング・ルームだ」

「いいですよ」

月刀はうなずくと、すぐにPCのシャットダウン操作をした。

仕事だ──

「すぐ行きます」

小松基地　司令部
防衛部長室

「よろしいか」

夏威総一郎は、矢島運用課長と、国枝監理部長を順に見て言った。

「使節団を、護ってやるだけが目的なら。ただベトナム側へ情報を与え、交通手段を変えさせるなどしてテロリストに遭遇しないようにすればいいのです。ところがアメリカは、ベトナム側へ情報を与えていません」

「――？」

「――？」

（――？）

ベトナムへ、情報を与えていない……？

どういうことだ――

日比野は、突然にアメリカ軍が小松基地へ押しかけて来て、彼らの〈作戦〉に協力しろと要求している背景を知りたかった。

彼らは『協力しろ』と言うが……。

わが国の国会で、安全保障に関する新しい法制度――〈平和安全法制〉が成立したのはつい先頃、まだ一年も経っていない。

わが国は集団的自衛権を、限定的にだが行使できるようになった。

これにより『アメリカが世界中で仕掛ける戦争に、自衛隊が無理やり参加させられる』とか『日本が戦争をする国になる』『徴兵制が復活する』『戦争法案だ』とか、反対をする声は多い。しかし、法案を少し読めば、出来得ることは依然として限られている。

基本的に、〈防衛出動〉が閣議決定されなければ武力行使が出来ないことは、変わっていない。

特に、自衛隊がポジティブ・リスト――〈やっていいことリスト〉でしか動けないことは全く変わっていない。

二人の幕僚とともに、日比野は夏威の言葉に注意を向けた。

「アメリカは」

夏威は続ける。

「決して、ベトナムと仲がいいわけではない。ベトナムが共産主義政権である以上、同盟は組めません。ファイアリー・クロス礁を空爆しようとしたベトナム空軍の六機を密かに『護衛』したのも、ベトナム側には知らせていません。また、四機のF22が〈奴〉に――〈亜細亜のあけぼの〉のスホーイ27ただ一機に、全滅に近い形でやられたのも極秘です。公にすれば大変なことになる。ただでさえ傾きつつあるアジアでの彼らの軍事プレゼンスが、一挙に失墜してしまう。そんなことは出来ない、だから何も知らされていないベトナム政府は、今でも六機は中国が人工島に配備した地対空ミサイルにやられたのだと思っています」

「――」

「――」

「よろしいですか。今回、ベトナム使節団を急きょ国連総会へ招いたのはアメリカ政府です。アメリカ大統領です。私の見るところでは、このベトナム使節団は、〈亜細亜のあけぼの〉をおびき出すための〈餌《えさ》〉です」

〈餌〉……!?

「…………」

日比野は息を呑む。

今、確かにそう言ったのか……?

二人の幕僚も同様に呼吸を止めた。

「――あぁ、夏威戦略班長」

今度は国枝監理部長が口を開いた。

秀才タイプの矢島運用課長と対照的に、武骨な印象で、よく日焼けしている。ぎょろりとした両目で夏威を見た。

「テロ組織〈亜細亜のあけぼの〉の脅威についてだが。私は実は、〈奴〉が編隊を率いて日本海沿岸の浜高原発を襲撃した際、ＣＣＰのトップダイアスの端に座っていた。当時は総隊司令官が江守《えもり》空将補、監理部長が現在は空将補で総隊司令の敷石《しきいし》一佐、そして私は運用課長だった。あと少しで原発がやられるところをスクリーンで見ていた。幸いにして、脅威は法の範囲内で防ぐことが出来たが——」

「——」

「——」

今度は夏威、矢島、そして日比野も国枝一佐に注目する。

「あの後、敷石司令の後任として、私は監理部長を拝命した」

国枝は面白くも無さそうな、武骨な表情で続ける。

「今の私には、航空自衛隊を法に則《のっと》って、法の定める通りに行動させる。そのように監督する責任がある」

「はい」

夏威がうなずく。

「わが国は、法治国家です。おっしゃる通り、わが自衛隊はあくまで法に則って行動しなければなりません」

「うむ」国枝もうなずいて続ける。「だが。実は今回、アメリカ軍があなた方――内閣府の国家安全保障局経由で持って来たこの〈作戦〉には、問題を感じている。確かに〈亜細亜のあけぼの〉の脅威を排除するというのは、わが国にとっても意義はある。しかしどう見ても、航空自衛隊が共に戦うというのは無理があると思う」

「そのことなのです」

矢島運用課長も言う。

「聞けば、まず〈作戦〉はアメリカの意向で『極秘』とされているので、わが国の政府は航空自衛隊に対して〈防衛出動〉も〈海上警備行動〉も発令出来ません。これらを発令する時には、必ず公表しなければならないからだ。しかし公表すると〈作戦〉を感づかれ、〈亜細亜のあけぼの〉は出て来ないだろうという」

「はい」

夏威はうなずく。

「その通りです。二機のF22を、訓練を装って派遣して来たのもそのためと聞いている。外部に〈作戦〉の準備と悟られないためです」

「しかし、新しい平和安全法制の下でも、自衛隊が武力を行使するには〈防衛出動〉か、百歩譲って〈海上警備行動〉が必要なんだ」

　矢島は頭を振る。

「そのどちらかの法的根拠が無ければ、我々自衛隊はアメリカ軍と行動を共には出来ても、後方支援しかすることが出来ない」

「その通りだ」

　国枝もうなずく。

「この第六航空団から四機のF15を出し、アメリカ軍のF22二機に同行させても、一緒にベトナム政府のチャーター機を護って戦うというわけには行かない」

「そうです」

　矢島は続ける。

「聞けば、アメリカ軍が今回も『密かに護衛』するというベトナム使節団のチャーター機は、ベトナム国民航空のボーイング757だという。搭乗しているのは、乗員も含めて全員がベトナム人だ。ベトナム人が乗っているベトナムの航空機を、公海上で航空自衛隊が武器を使用して護ることは、今の状態では出来ない。新しい平和安全法制の下では、日本と関係の深い友好国の航空機を護ったりすることは可能だが、そのためには内閣総理大臣から〈防衛出動〉が発令されていなければならない」

「そうなのだ」

国枝が続ける。

「たとえベトナム機をエスコートして、そこに〈奴〉――〈亜細亜のあけぼの〉のSU27が現われたとしよう。アメリカ軍のF22は早速、これと交戦するだろうが、わが方のF15の四機は、法的に何も出来ない。横で、ただ見ているしかないのだ」

「いいえ」

夏威は頭を振る。

「航空自衛隊が出動するのには、意義があります。それは」

官僚の男が、そこまで言いかけた時。

女子の事務幹部の三尉が、ノックと同時に歩み入って来ると、敬礼した。

「防衛部長」

「失礼いたします」

「――何だ？」

日比野は、夏威の話に気を取られていたが、振り向いて訊いた。

「今、取り込み中だが」

「はい、失礼します」

女子幹部は一礼し、メモを示した。

「ただちに知らせるようにと、言われました。表のアメリカ軍輸送機の情報分析士官から伝言です」

「――」

日比野は思わず、二人の年かさの幕僚と、若いキャリア官僚をちらと見た。

すると。

三人とも、日比野を見返し、小さく目でうなずく所作をした。

「――」

日比野もうなずき、女子幹部へ言った。

「よろしい、読んでくれ」

「はい」

スカートの制服姿の三尉は、手にしたメモを読んだ。

「『〈エンジェル〉が回復。ブリーフィングを再開するので、ただちに戻られたい』――以上です」

2

小松基地　司令部前エプロン
アメリカ空軍C17輸送機　機内

十五分後。

「――――」

風谷は、白い湾曲した天井を持つ空間――巨大輸送機の機内に造られたブリーフィングルームに着席すると、周囲を見た。

先ほど、司令部の女子幹部が風谷を探しに来た。

アメリカ側からの伝言で『ブリーフィングを再開するので集まれ』という。

風谷は、フレール少尉とともに幹部食堂を出て、徒歩でC17の機内へ戻った。

三十人は着席出来そうなブリーフィングルームの座席列には、すでに漆沢美砂生と鏡黒羽、そしてあの金髪の女子パイロットが並んで座っていた。

風谷は、金髪の女子パイロット――ガブリエル・エリス中尉といったか――の右隣に、一つ席をおいて座った。風谷の右隣にポール・フレール少尉、そしてその向こうに「おう、すまんすまん」と言いながら菅野一朗が遅れて来て座った。

最後に、日本人の空自の幕僚たちと、あのダークスーツの官僚らしき男（長身で、縁なしの眼鏡に鋭い目が印象的だ）が連れだって入室して来ると、先ほどと同様に片方の壁際に並んで立つ。

一方、前方の演壇と、反対側の左手の壁際にはアメリカ軍側の制服の士官たちが現れ、並ぶ。

（――始まるな……）

風谷は、ちらと右横の銀髪の少尉を見やる。

血色は戻っている……。

十五分ほど前には錯乱状態だったなどと、その外見――整った横顔からは窺えない。

――『どうすればいいいんです』

だが風谷の耳には、蘇る。

──『どうすればいいんです。僕は、どうすればいい』

震えるような声……。

──『どうやれば、あなたのようになれるんです⁉』

『俺の──って……』

その声が耳についている。

(大丈夫か……こいつ)

風谷は思い出す。

十五分ほど前、幹部食堂の喫茶コーナーでのことだ。

フライト後の解析ノートをつけている風谷のところに、フレール少尉はやってきた。

話がある、と言う。

ガブリエル・エリスが自らの身体に無理を強いて、むちゃくちゃなGのかかる空戦機動をするようになった理由――

医務室では、それを彼に訊ねたのに、逃げるようにいなくなってしまった。

でも、後から風谷が独りでいるところへやって来て『話をしたい』と言う。

風谷はノートの作業を中断し、向き合って話を聞くことにした。

ところが――

七日前の出来事だという、闇夜の南シナ海上空で遭遇した〈体験〉を、話している最中だった。

何かを、急に思い出したのか。風谷と差し向かいで話しながら銀髪のポール・フレールは突如「ウッ」と言葉を詰まらせた。

「ウゥッ」

蒼い目を見開き、遠くの何かを見据えるようだ。

これは……？

風谷はその様子に、眉をひそめた。

ひょっとして。

何かを思い出し、その〈恐怖〉に身体が反応してしまう――?

これは。

「少尉、しっかりしろ」

風谷は立ち上がると、両手で銀髪の少尉の両肩を掴んでいた。

思わず、力を入れて摑んだ。

この症状は。

俺と、同じか……!?

「大丈夫だ」風谷はとっさに言い聞かせた。「そいつは今この瞬間、君を撃てない」

「――ウ……」

「しっかりしろ」

風谷は喫茶コーナーの給茶器から、急いで冷たい麦茶をコップに注ぐと、フレール少尉に手渡そうとした。

(……!?)

本当に、手が震えている。

(PTSDか)

いかん。フラッシュバックが来ている……。

無理やりにコップを握らせ、飲むように促した。

「持て。呑むんだ」

まずい——

風谷は、かつて自分がその症状に見舞われた。

過去に経験した、自分の力ではコントロール出来ない恐怖の体験が、脳裏にしみついてしまう。

時折り、その〈体験〉が何かのきっかけで目の前に蘇り、身体が反応して震え出す。

心療内科の用語でPTSD（心的外傷後ストレス障害）と呼ばれる。

昔、風谷自身がそれに苦しんだ。

いや。

現在でも、自分の心の奥底には、恐怖の記憶と、それに反応する部分が残っているかも知れない。

ここ数年、あの『クク』という笑いを無線の向こうに聞いていない。

「風谷二尉、僕は、ファイルで見ました」

「……ファイル？」

風谷が冷たい茶を呑ませ、肩を摑んで「大丈夫だ、君は今、安全だ」と慣れない英語で言い聞かせると。

やがて少尉の『発作』――フラッシュバックは治まった。

肩で息をしながら、ポール・フレールは視線をおとし、自分の膝の上に広げた手のひらを見ながら言った。

「あなたは、〈奴〉と」

ダット・ガイ――そう口にする時、また微《かす》かに白人青年の唇は震えた。

「あなたは〈奴〉と二度、交戦して――二度とも生還された。一度目は、〈奴〉が撃とうとしたエアバス機と〈奴〉の機との間に割り込んで、自分が撃たれ」

「…………」

「もう一度は、原発を襲おうとした〈奴〉に挑みかかって、それを防いだ。また真後ろから撃たれそうになったけれど難は逃れた――二度も殺されかけて、あなたはそれでも立派に飛んでいる。今日の戦いぶりも見事でした。僕には、積乱雲を防御に使うなんて」

「……あれは、とっさに思いついただけだ」

「僕は、目の前の戦闘で手一杯でした」

「そうかもしれないけど」

「〈奴〉も積乱雲を使いました」

「?」

〈奴〉……。

何のことだ。

フレール少尉は『ファイルを見た』と言う。どうやら、ここへ来る前に情報のファイルを見せられ、俺の戦闘の経歴を知ったらしい……。

(……〈奴〉?)

少尉の話す内容は、明らかに〈亜細亜のあけぼの〉を名乗る謎の男——あの男と風谷が過去に交戦した内容を指している。

ひょっとしたら。

少尉の口にする〈奴〉とは——

(まさか)

南シナ海で、少尉は〈奴〉に遭遇したというのか。

あの、『クク』と笑う……。

〈奴〉は、一度目はＳＵ24に乗り、風谷の前に現われた。そして二度目はＳＵ27……。

少尉の口にした最初の交戦――いや『交戦』なんて呼べるものじゃない、あの時、自分は〈対領空侵犯措置〉で許される行動しか出来なかった。夜の日本海で〈奴〉に襲われていたのは韓国のエアバス機だった。当時は集団的自衛権が行使出来なかったから、たとえその機内に日本人の乗客がいたとしても、自分にはエアバスを護るために武器を使用することは出来なかった。旅客機を護るには、間に割り込んで盾になるしか――

（くっ……）

真後ろから、機関砲を直撃された。あの衝撃はまだ、背中に感覚として残っている。

ベイルアウトし、その後、気を失った。

（…………）

思い出せるか。

風谷は注意深く、背中に受けた衝撃の感覚を思い出してみる。

古い傷口に、おそるおそる触るような気持ちだ。

跳び上がるような痛みが来るか、と思ったが――

大丈夫だ。

「戦闘機の、性能の差なんて」少尉は続けた。「周囲のあらゆるものを武器にしてしまうパイロットを相手にしたら、意味が無いのです。今日はあらためて思い知った」

「………」

風谷は、苦笑するしかない。

「君は大げさだ」

「そんなことはありません」

「風谷二尉」

ルテナン・カゼタニ——日本語の名は言いにくそうにしたが。

呼吸が正常に戻った少尉は目を上げると、風谷を見た。

「教えて欲しい。教えて下さい。どうすればいいんです」

「え?」

「どうすればいいんです。僕は、どうすればいい」

「どう——って……」

風谷は戸惑う。

でも、蒼い目は真摯《しんし》だ。

「どうやれば、あなたのようになれるんです⁉」

「俺の――って……」

風谷が、答えに窮した時。

司令部の女子幹部の三尉が、「伝言です」と知らせにやって来た。

司令部前エプロン

C17輸送機　機内

ざわめきが静まり、全員の視線が前方へ向く。

（――――）

その気配に、風谷は思い出すのを止め、目を上げた。

始まるのか……？

ちょうどブリーフィングルーム前方の演壇に、スクリーンを背にしてアメリカ軍の将校が立つところだ。銀髪の白人。階級章は大佐。

ザッ

周囲の全員が、起立する。

風谷も立ち上がり、周囲に合わせ敬礼した。

敬礼しながら、あらためて見ると。座席の最前列には飛行服姿の火浦二佐に加え、先ほどは無かった月刀三佐の長身もある。

演壇の白人将校が答礼し、「プリーズ・シット・ダウン」と明瞭な英語で言った。

促され、着席しながらふと気づいた。

風谷の左横にいるガブリエル・エリス中尉――金髪の女子パイロットは、第一戦闘航空団の黒い飛行服でなく、航空自衛隊のオリーブ・グリーンの飛行服を着ている。右の袖に日の丸が目立つ。

どうしたんだろう。

考える暇もなく

「諸君」

白人将校――アメリカ空軍の大佐は四十代の後半か。着席させたパイロットたちを見回し、呼びかけた。

「諸君らは精鋭だ。こうして会いまみえるのを誇りに思う。私は太平洋方面軍司令部、作戦統括主任のエドワード・ビショップ大佐」

「――」

「――」

座席には、風谷を含め、九つの飛行服姿がある。それに左右の壁際の、アメリカと日本の幕僚たち、ダークスーツの官僚も演壇の大佐に視線を集中させる。

「今回、わが第一戦闘航空団の二名はもとより、君たち航空自衛隊第六航空団の四名のパイロットに演習へ参加してもらったのは、他でもない」

「――」

「――」

「これから実施する〈作戦〉に、参加してもらうためだ」

ジ・オペレーション――その言葉に、全員の視線が集中する。

「諸君。今、このアジアの空には重大な脅威が存在している。中国の手先となり、人々の安全を脅かす。恐るべき存在――テロ組織〈亜細亜のあけぼの〉だ」

ざわっ

小松基地　救難隊オペレーションルーム

「隊長？」

横で、声がした。

女の声。

「隊長、聞いておられますか」

「――――」

有守は、ハッと我に返った。

何だ。

いつの間に、考えに沈んでしまった……？

軽く、頭を振る。

俺としたことが。

「――あぁ、すまん」

有守史男は、ずっと隊長席のデスクで事務作業をしていたが。

卓上のノートPCを見ているつもりで、見ていなかった。

あることを、頭の中に思い出していたのだった。

（なぜだ）

なぜ、あんなことを――

「すまん。何だ」

顔を上げると、ほっそりした飛行服姿がデスクの横に立っている。

白い手で、プリントアウトを差し出す。

「統計の表、粗く作ってみました。こんな感じで、いかがですか」

「うん」

有守は、雪見桂子からＡ４の紙を受け取る。

「仕事、速いな」

「いえ」

救難ヘリに日常的に乗っていると、日に灼けるものだ。

しかし二十代後半の雪見桂子は、白い。切れ長の目を伏せ、薄く笑う。

「その感じでよろしければ、電子ファイルを作って、提出します」

「うん」

有守は、エクセルの表をざっと見渡す。

出動の実績と、民間からの要請のあった時期、時間帯の一覧表だ。グラフもある。

きれいにまとめている……。

「あの、隊長」

「ん」

「おにぎり、どうでした」

「あぁ」

有守は集計の欄を確かめながら、うなずく。

「有り難かった。うまかったよ」

「でしたら」

雪見桂子はなぜか、声を小さくした。

「明日も、作ってきますね」

思わず、見返した時には。

雪見桂子はぺこりと頭を下げ、背中を向ける。

髪をうなじでまとめた飛行服姿が、オペレーションルームの中ほどのデスクへ戻って行く。

「――――」

有守は息をつき、プリントアウトを横に置いて、メールを一覧表示させたPCの画面に向き直った。

（――そうか）

思い当たった。

さっき、いつの間にか戦闘機に興味を失っている自分に気づいた。

それで、思い出してしまったのだ。

俺の〈F転〉のいきさつ、か……。

戦闘機パイロットが、他の機種や職種へ転換させられることを〈F転〉という。それは普通の戦闘機パイロットなら、誰でも『避けたい』と思う。

（――――）

有守は、〈F転〉をさせられて長い。自分から希望したのではない救難ヘリのパイロットとなり、もう飛行経験はF15JよりもUH60Jの方が長くなる。

そうだ。別に望んだのではない。

自分がある日突然、飛行隊から救難隊へ『転出』させられた経緯――

それは。

「――見城《けんじょう》をかばったから、か……」

ぽつりとつぶやいた。


有守は、かつて第六航空団の第三〇八飛行隊で、飛行班長を勤めていた。

ところがある日、G空域で行なわれた飛行教導隊との演習で、有守の班の若いパイロットの一人が教導隊の仮想敵機と空中で接触、両機とも行方不明となる事態が起きた。

有守には大変な衝撃だった。

空幕による原因究明が行なわれ、その査問会の中で、有守は行方不明となった班員の直属上司として意見を求められた。

演習中の空中接触は、教導隊の仮想敵機が無理に接近したため、というのが大方の見方だった。仮想敵機に搭乗していたのも若いパイロットで、一般の飛行隊からスカウトされ新人教官として教導隊に入ったばかりだった。

能力を認められて教導隊に迎えられた若者は、ともすれば自分の腕を一番と思う。自らの能力を過信して、無理をしたのだろう――

ところが有守は、その大方の見方に違和感を持った。

ぶつけられた若いパイロットも自分の部下だったが、ぶつけたとされる教導隊のパイロットのことも、よく知っていたからだ。小松基地へ来る前に勤務していた九州の飛行隊で、その若者は有守の後輩だった。

恐ろしく才能のある男だった。

「後方からぶつけられた生沢三尉は、君が勤務評定につけた通り、普段から慎重なオペレーションをするとの評価がされている。君は、教導隊の仮想敵機の方が、無理をして異常に近づいたのだと思うか」

そう訊かれた。

しかし

「そうは思えません」

有守は、思わず応えていた。

「見城は、知っています。腕を鼻にかけて無茶をやる性格ではない。彼が無理をして異常に近づいたとは、私は思えません」

有守は、その若者をよく覚えていた。長身で、枯れ木のように痩せていて、少し猫背で歩く。名は見城教一《きょういち》といった。

いつも黒いサングラスを手放さない。口数は少なく、周囲と交友も無かったが操縦の腕は抜群だった。有守が覚えている印象は、ふてぶてしさとは真逆のものだ。いつだったか、大雨の晩に捨て猫を拾って来た。独身幹部宿舎の部屋でこっそり飼おうとして、舎監に咎められると「お願いです、見逃してください」と懇願していた。かすれたような優しい声だった。

「あいつが、いえ彼が無理をするはずはない。ぎりぎりの飛び方と無茶の違いは誰よりも分かる男です。それだけの冷静さと、腕を持っています」

その証言をして、一ヶ月後だった。

第三〇八飛行隊から救難隊へ転出せよ、との辞令が下りて来た。

（――――――）

あの時、俺は飛行隊から外される理由が分からなかった。

しかし、今、隊長の立場になり考えると。

空幕では、教導隊の新人教官が無理をして、空中接触を起こした――その線で報告書をまとめようとしていた。だが俺の『証言』のせいで、事務手続きが混乱した。最終報告書は確か、『原因不明』と結論していたのを覚えている。

俺は、組織の意向を汲《く》まない、使えない管理職と評価されてしまったのか。

班長から隊長へ昇格させても、組織の空気が読めないのであれば、使えない。ならば別の者を班長に据えた方がいい――

（そうさ）

俺は、空気が読めない。

あいつを弁護する証言はしたけれど。本当のところ、あいつのことを本当に分かってやれていたのか、それも分からない……。

「……見城」

有守はぽつりとつぶやき、オペレーションルームの広い窓へ視線を向けた。

午後の斜めの光線が雲を破り、日本海の海面に注いでいる。白く光って見える。

お前、今でもあの海の底に沈んだままか……？

韓国 ソウル
ソウル検察庁 中央特別拘置所

「っくしょー！」

沢渡有里香は、冷たい鉄格子を両手で握ると、思い切り揺さぶった。

カキッ、カキンと音がする。独房を仕切っている鉄格子は、上下のどこかにガタがあって、揺さぶると一センチくらい前後に動くのだが、もちろん金属音が鳴るばかりで、決して外れはしない。

薄暗い中に、金属音が反響する。

暗い。じめじめする。地下なのか？ ここは――

「出せっ、出せ、こらぁっ」

蹴飛ばされて、この独房に放り込まれてから。

どのくらい、時間が経った……？

三十分のような気もするし、二時間くらい経った気もする。

携帯も、時計も財布もみんな取り上げられた。履いているスニーカーの紐まで引き抜かれた（自殺でもすると思われたか――？）。

道振とも引き離され、独りだ。

――『死ぬような目に遭わせてやる』

声が、耳に残っている。

獰猛な犬が唸るような、朝鮮語の声。

あの時――警察車両から降ろされた直後。理不尽な扱いに腹を立てた有里香は、カッとなり、思わず目の前の国家警察のリーダーの男を蹴った。微妙なところにヒットしたらしく、リーダーの男は苦悶の叫びを上げると、次の瞬間、猛烈に反撃して来た。

――『この雌犬、この雌犬、この雌犬っ』
『きゃあっ』
『絶対、許さん！　貴様、死ぬような目に遭わせてやる』

「出せったら、出——痛たた、ちきしょ」

思わず顔をしかめる。

まだ殴られ足蹴《あしげ》にされた全身のあちこちが、痛む。

あの後。

カメラマンの道振は『取り調べだ、来い』と引きずって行かれたが。

黒服のリーダーはいまいましげに『この雌犬は、あそこへ放り込んでおけ』と命じただけだった。

去り際に『この雌犬！』と怒鳴って、もう一回、腹を蹴られた。

「地獄へ叩きこんでやる！」

「うぎゃっ」

「さ、沢渡さんっ——くそ、何をする」

有里香は、腹部に受けた衝撃に眼がくらみ、地面に転がった。道振の『何をする、やめろ』という叫びが耳に聞こえるが、息も止まるような苦痛に、腹を抱えた姿勢のまま動けない……

意識が遠くなって、次に気づいた時には、この檻の中へ放り込まれていた。

（……あの警察の男）

でかいなりのくせに。

わたしのようなかよわい女の子の、お腹なんか蹴って――

動くと、腹部の痛みがぶり返す。

「――う」

畜生……。

有里香は、顔をしかめると、コンクリートの床にうずくまった。

あいつら、わたしたちを捕まえる時に何と言った――？

名誉毀損……？

名誉毀損――って、そんなことで捕まえて、殴って蹴るのか。

「畜生っ」

すると
「よしなさい」

ふいに、男の声がした。

「怒鳴っても仕方ない。体力はセーブした方がいい、日本のＴＶの人」

3

小松基地　司令部前エプロン

一時間後。


エプロンに、風が吹いている。

風谷が装具を整え、ヘルメットを提げて機体に近づくと。

機首の下で待機していた整備員が、整備ログを差し出して示した。

風谷よりも年下の三曹だ。

「二尉」

「お待ちしておりました。先ほどのフライトの後、機体内燃料の補給、増槽の取りつけ、およびすべてのシステムのチェックは完了しています」

説明しながら、背後の機体を指し示す。

（――――）

風谷も目をやる。

機体ナンバー52―8909。F15JイーグルのMSIP改修機――

『改修機』といっても、外見では在来型との違いはよく分からない。

周囲では発進の準備が、慌ただしく進められている。

急きょ決められた訓練フライトだ。

まさか今日、もう一度飛ぶことになるとは。


意外だった。

昼過ぎに、あれほどの空戦をした後だ。

でも疲れは、感じていない。

なぜだろう。

神経が高ぶっているせいかもしれない。

風谷は本能的に、機体の各部へ目が行く。

イーグルは大きな戦闘機だ。これだけ近づくと、高翼式の主翼や、二枚の垂直尾翼は見上げる感じだ。

（――ピトー管、動翼、機体表面……と）

後で搭乗前に、周囲を一巡りして目視点検はするが。機体に歩み寄る時点で、目で重要なところをざっと確認する癖がついている。

ピトー管などのセンサー類からカバーは外され、クリーンな状態にある。主翼の後縁の補助翼、フラップなどの動翼部分に異物は挟まっていない、流線型の機体表面に、凹みや傷等は見られない――

目は、訓練された習慣で、機体表面を素早くチェックする。

胴体下の六〇〇ガロン増槽、左右の主翼下のＡＡＭ３熱線追尾ミサイルも目に入る。

赤い〈ＡＲＭ〉というロゴのキャップを被った小柄な整備員が、背伸びするようにしてミサイルの細長い弾体を下から手で触り、異常が無いか確認している。

いいだろう。

「分かった、ご苦労」

整備ログに受領サインをすると、整備員は「ご無事で」と敬礼し、離れていく。

「――――」

風谷は、いったんＨＭＤ付きのヘルメットを搭乗梯子《とうじょうばしご》の下の地面に置く。

それから歩いて、今度はテクニカル・オーダーに定められた手順に従い、まず機首下の前脚から目視で点検した。

背丈のある前脚だ――上から下まで、窒素を封入したシリンダー部分の伸び、油圧による駆動部分からオイル漏れが無いか。手で触って、確かめる。

異常なし。

アラート待機から緊急発進する時には、鳴り響くベルに追い立てられ、梯子を駆け上がって跳び乗るだけだが。

しかし今回は、通常の訓練フライトだ。

外部の目視点検を、時間をかけて実施出来る。

いや。

(――通常の訓練、か……)

――『説明します』

ふと目を上げる。

(……………)

——『〈作戦〉について説明します』

通常じゃ、ない。

レット・ミー・イクスプレイン・アバウト・ジ・オペレーション——

その声が、脳裏に蘇る。

英語の声。

つい一時間前。

C17輸送機の機内ブリーフィングルームで話された内容——

〈作戦〉……。

「諸君」

エドワード・ビショップ大佐——太平洋方面軍の作戦統括主任だという銀髪の高級将校は、着席する風谷たちを前に、告げた。

「今回の〈作戦〉は、〈亜細亜のあけぼの〉の脅威を排除する。それが目的だ」

ざわっ、と再び室内の空気に驚きが走る。

風谷も、大佐の言に目を見開いた。

驚いた。

しかも大佐は『アジア・ノ・アケボノ』と、日本語で表現したのだ。

やはり、そうか。

フレール少尉の口にした『〈奴〉』とは――

「よろしい」

ビショップ大佐は、驚きの視線が自分に集中するのを受け、うなずいた。

「そのように驚くのは、諸君もその存在と、危険について熟知しているわけだ」

熟知、どころじゃない……。

風谷は思った。

ちらと右横を見やると、フレール少尉の横顔が、少し青ざめて見えた。

「諸君」

大佐は続ける。

「七日前、南シナ海で、ベトナム空軍の編隊を全滅させたのも〈奴〉――〈亜細亜のあけぼの〉を名乗る謎のスホーイだった。そのベトナム編隊を密かに『護衛』していた我々の

Ｆ22四機も〈奴〉にやられた。恐るべき敵――脅威と言えるだろう」

大佐の話。

七日前の深夜。南シナ海で、中国の造成する人工島をベトナムが空爆しようとした。

その動きを知った中国が〈亜細亜のあけぼの〉を雇った。ベトナム空軍のＳＵ30六機の攻撃編隊に向け、襲いかからせた。

〈奴〉――あの『クク』と笑う謎の男が操るＳＵ27はどこからともなく出現し、六機をたちまち撃墜すると、逃げ去った。

それだけではない、ベトナムの攻撃が成功するよう秘密裏に『護衛』の任に就いていたアメリカ空軍の四機のＦ22をも、〈奴〉は翻弄《ほんろう》し、そのうち三機を撃墜してしまった。

「〈奴〉らを」

大佐はことの経緯を説明すると、つけ加えた。

「テロ組織〈亜細亜のあけぼの〉を放置すれば、アジアの安全はなきに等しい。だが我々は幸いにして、それを駆逐する絶好の機会を得た。ワイズ大尉から説明させよう」

銀髪の大佐が「大尉」と促すと。

代わって、全員が注目する中、三十代の白人の大尉が壇上に上がった。

この人は――

すでに先ほど、自己紹介は聞いている。アメリカ空軍・第一戦闘航空団に所属する情報分析士官だという。ブルース・ワイズ大尉だ。

「では〈作戦〉について説明します」

（――――）

風谷は思い出すのを止め、頭を振った。

よそう。

これから訓練飛行に出るのだ。

外部点検を、済ませてしまわなくては――

しかし

「?」

背後に、何か気配を感じた。

何だ。

前脚の支柱に手で触れたまま、振り向く。

風谷の機の左側に、別の機体がパーキングしている。

黒い、大きなシルエット――『猛禽（ラプター）』という名らしいが、その特異な外形は〈魔鳥〉と呼んでもおかしくはない……。
F22の一番機だ。同じく、発進の準備にかかっている。
機体の周囲を駆け回るのはアメリカ軍の整備員たちだ。
(――?)
風谷は、目をしばたたいた。
鏡……?
気配は、その人影か。
ほっそりした影が早足で、司令部棟の方からF22の機首へ歩み寄って行く。
オリーブ・グリーンの飛行服。ヘルメットをすでに被っている。長いコンパス。背丈は
風谷よりもやや小柄――
いや、鏡じゃない。

飛行服姿は、同じように整備員からログを示され、説明を受ける。
白い横顔が見える。
(似ているな……シルエット)
日本人ではない。

でもそのパイロットは、なぜか鏡黒羽と体形や雰囲気が似ている。

不思議だ――そう思っていると。

つん
「……!?」

横から、わきの下をつつかれた。

同時に
「何を見てる」

声がした。

驚いて、振り向くと。

「鏡」

風谷は、また目をしばたたく。

いつの間に、そこに……?

鏡黒羽が横にいて、猫のような目で風谷を見ていた。

驚いた。

気配を感じなかった。

「何を見てる、風谷二尉」

その目は『よその隊の女子パイロットなんか眺めて、お前は隙だらけだ』と咎めているかのようだ。

「あの、あれ――」

風谷が、F22の方を指すと
「ガブには、わたしの飛行服を貸した」

猫のような目の女子パイロットは、こともない、というように言う。

「『日の丸が気にいった』とか言って――今回は、あれを着て飛ぶそうだ」

「ガブ?」

「ガブリエル」


そうか。

彼女は、ガブリエル・エリス――そういう名だった。

風谷はまた思い出してしまう。

一時間前。

ブリーフィングルームで、ワイズ大尉は〈作戦〉の説明をした。

偶然なのか、またベトナムが関係している。

「我々が摑んだ情報です。〈奴〉が――〈亜細亜のあけぼの〉が再び中国に金で雇われ、破壊活動に及ぶことが判明しました」

壇上に立つ大尉は「これを見て下さい」と、背後を指し示す。

すると、スクリーンに海図が投影された。

「――!?」

「!?」

全員が注目する。

風谷は、眉をひそめた。

日本海……？

「今回、我々からあなたがたへ急に合同訓練を申し入れ、ここ小松基地へ慌ただしく押しかけて来たのには理由がある」

大尉は室内を見回して、言った。

「〈奴〉が明日、現われるのです」

司令部前エプロン

「いいわ。機体を受領します」

列線に並ぶ、Ｆ15Ｊ・８９２８号機の機首の下。

飛行服姿の漆沢美砂生は、整備ログの内容を確かめると、パイロットの署名欄にサインした。

これから、またフライトだ……。

急に決まった訓練のフライト。

それも、アメリカ軍のＦ22二機と、美砂生の率いるＦ15Ｊ四機で日本海の空域へ出る。

明日の〈作戦〉に備えた『準備』だという。

整備員に「ありがとう」とログを返し、自分がこれから搭乗する一番機の周囲をぐるりと歩き、目視点検を始めた。

命令だから、仕方ないけど――

「――」

二つの機種間の連携、編隊での行動、〈作戦〉の実施される空域の下見を兼ね、どうしても今日中に一度、飛んでおく必要がある――

そう強調したのは、火浦隊長だ。

これから六機で訓練に出ろ、という。

「本当は、俺が出たいところだ」

悔しそうに言ったのは月刀慧だ。

「出動を上申しているが、まだ許可が出ない」

「あちらの言い分では、大勢でぶんぶん飛び回って警戒していると、〈奴〉が出て来ないかもしれないという。とりあえず、お前たちでしっかりやれ」

〈作戦〉の説明が、一通り済んだ後。

第六航空団の四名を集め、火浦が付け加えた。

「それから漆沢、分かっているだろうが、お前が現場での最上級士官だ。今回の〈作戦〉のオペレーション・リーダーを命ずる」

「えっ」

（突然、何を言われるかと思えば……）

心の中でつぶやきながら。

美砂生は機首から、時計回りにＦ15Ｊイーグルの双発・双尾翼の機体外周を一巡りする。目視で機体の状態を確認する。レドーム、機首側面のセンサー類、異常なし……。右エンジンの空気取り入れ口を背伸びして覗き、くんくん臭いを嗅いでから、右の主翼前縁を見ていく。

習慣になっている点検だが、いつもの訓練と違うところがある。

右翼の下側パイロンだ。ＡＡＭ３の実弾が装備されている。

訓練弾ではない、実弾だ。

実弾……。

この子、ちゃんと取りついているだろうな――？

（――――）

気になって、下から弾体を両手で摑み、揺すってみる。

ぎしぎしいうけれど、ちゃんとパイロンに固定され、赤いフラグのついたピンが弾頭の下に差し込まれている。

「大丈――う」

どうした……!?

ふいに、胃のあたりに痛みが走った。

瞬間的な、鋭い痛み。

(な、なんだ……?)

胃が痛い。

でも病気じゃない、原因は大体、察しがつく。


「く」

美砂生は顔をしかめ、でも急にお腹に差し込みが来たなんて、周囲の人々にはわからないように我慢した。

手で飛行服の上からさすったりもしない。

やせ我慢だが、仕方ない。

(あぁ、もう)

仮にも、飛行班長で一尉でオペレーション・リーダーのあたしが、プレッシャーでお腹痛いなんて――

言えない。

唇を嚙み、美砂生はそのまま、機体外周の目視点検を続けた。

(——くそっ)

なんだって、このあたしが。

——『〈奴〉は、このチャーター機を襲って来ます』

円《まる》い、左右に二つ並んだP&W/IHI/F一〇〇エンジンの排気口を覗き込みながら、耳に蘇るのは。

〈作戦〉の説明をした、アメリカ軍の大尉の声だ。

同時に、スクリーンに投影された旅客機の写真まで。

——『ベトナム政府の国連使節団が乗るボーイング757です。〈奴〉は、このチャーター機を襲って来ます』

情報将校の大尉の説明は、驚くべき内容だった。

明日の昼、ソウルからニューヨークへ向かうベトナム政府のチャーター機がある。その旅客機——ベトナム国民航空のボーイング757を、あの〈亜細亜のあけぼの〉を名乗るテロ組織の戦闘機が襲う。

日本海の上空で、テロ事件を起こそうとしているという。

「我々は、政治的なことには言及しない」

ワイズ大尉は言った。

「ベトナムの国連使節団が、なぜ今ソウルにいて、これからニューヨークの国連本部へ向かうのか。なぜ彼らが、チャーター機ごと消されようとしているのか。中国がなぜそうしようとしているのか。政治的背景については、ここでは言及しません」

「——」

「——」

「重要なことは」

自分に集まる視線を、一つ一つ見返すようにして、大尉は続けた。

「明日、ソウルを発ちアメリカ大陸へ向かうチャーター機——この青いボーイング757が、航空路L512を経由して、日本海を西から東へ横断していく。おそらく、この広い空域のどこかで〈奴〉が襲って来る。それが、我々の収集した情報を分析することにより判明した。ということです」

「そこで、我々の取るべき手だが」

四十代の大佐が、横から引き取って言った。

「我々は密かに、このチャーター機を監視・護衛しながら、〈奴〉が現われるのを待つ。現われたら──」

銀髪の大佐が、親指を真下へ向けるのを、美砂生はブリーフィングルームの席から見ていた。

（え……!?）

ちょっと待って。

でも、やっつけるとか言っても……。

美砂生は思わず、右手の壁際を見やった。

日本側の、空自の佐官級の幹部が並んでいる。おそらく航空総隊の幕僚だろう。

先頭に、一佐の階級章を付けたいかつい感じの男。それにもう一人、秀才タイプに見える四十代の幹部がいる。二人とも、表情を動かさず壇上を見ている。

その横のダークスーツの長身の男は、官僚だろうか。鋭い切れ長の目で、やはり表情を動かさずに壇上の大佐を見ている。

そうだよな……。

美砂生は思った。

〈作戦〉っていうけれど。

(あたしたちに、戦闘をする法的根拠とか、あるの……?)

この作品は徳間文庫のために書下されました。
なお本作品はフィクションであり実在の個人・団体などとは一切関係がありません。

徳間文庫

スクランブル

決戦《けっせん》！　日本海上空《にほんかいじょうくう》〔上〕

2016年12月15日　初刷

著者　夏《なつ》見《み》正《まさ》隆《たか》
発行者　平野健一
東京都港区芝大門二―二―二〒105―8055
発行所　株式会社徳間書店
電話　編集〇三(五四〇三)四三四九　販売〇四八(四五一)五九六〇
振替　〇〇一四〇―〇―四四三九二
印刷
製本　株式会社廣済堂

ISBN978-4-19-894176-5　(乱丁、落丁本はお取りかえいたします)

徳間文庫の好評既刊

夏見正隆

スクランブル イーグル生還せよ

書下し

空自のイーグルドライバー・鏡《かがみ》黒《くろ》羽《は》は、女優である双子の妹と間違われ、何者かにスタンガンで気絶させられた。目覚めると、そこは非政府組織〈平和の翼〉のチャーター機の中だった——。「偉大なる首領様」への貢《みつぎ》物《もの》として、北朝鮮に拉《ら》致《ち》された黒羽は、日本の〈青少年平和訪問団〉の幼い命を救い、脱出できるのか!?　祖父から継いだ天才の血がついに……！　かつてなきパイロットアクション。